新潮文庫

檸檬(れもん)

梶井基次郎著

新潮社版

122

目次

檸檬（れもん）

檸檬

えたいの知れない不吉な塊が私の心を始終圧えつけていた。焦燥と云おうか、嫌悪と云おうか——酒を飲んだあとに宿酔があるように、酒を毎日飲んでいると宿酔に相当した時期がやって来る。それが来たのだ。これはちょっといけなかった。結果した肺尖カタルや神経衰弱がいけないのではない。また脊を焼くような借金などがいけないのではない。いけないのはその不吉な塊だ。以前私を喜ばせたどんな美しい音楽も、どんな美しい詩の一節も辛抱がならなくなった。蓄音器を聴かせて貰いにわざわざ出かけて行っても、最初の二三小節で不意に立ち上ってしまいたくなる。何かが私を居堪らずさせるのだ。それで始終私は街から街を浮浪し続けていた。

何故だかその頃私は見すぼらしくて美しいものに強くひきつけられたのを覚えている。風景にしても壊れかかった街だとか、その街にしても他所他所しい表通りよりもどこか親しみのある、汚い洗濯物が干してあったりがらくたが転してあったりむさくるしい部屋が覗いていたりする裏通りが好きであった。雨や風が蝕んでやがて土に帰ってしまう、と云ったような趣きのある街で、土塀が崩れていたり家並が傾きかかっていたり——勢いのいいのは植物だけで、時とすると吃驚させるような向日葵があったりカンナが咲いていたりする。

時どき私はそんな路を歩きながら、不図、其処が京都ではなくて京都から何百里も離れた仙台とか長崎とか——そのような市へ今自分が来ているのだ——という錯覚を起そうと努める。私は、出来ることなら京都から逃出して誰一人知らないような市へ行ってしまいたかった。第一に安静。がらんとした旅館の一室。清浄な蒲団。匂いのいい蚊帳と糊のよくきいた浴衣。其処で一月程何も思わず横になりたい。希わくは此処が何時の間にかその市になっているのだったら。——錯覚がようやく成功しはじめると私はそれからそれへ想像の絵具を塗りつけてゆく。何のことはない、私の錯覚と壊れかかった街との二重写しである。そして私はその中に現実の私自身を見失うのを楽しんだ。

私はまたあの花火という奴が好きになった。花火そのものは第二段として、あの安っぽい絵具で赤や紫や黄や青や、様ざまの縞模様を持った花火の束、中山寺の星下り、花合戦、枯れすすき。それから鼠花火というのは一つずつ輪になっていて箱に詰めてある。そんなものが変に私の心を唆った。

それからまた、びいどろという色硝子で鯛や花を打出してあるおはじきが好きになったし、南京玉が好きになった。またそれを嘗めて見るのが私にとって何ともいえない享楽だったのだ。あのびいどろの味程幽かな涼しい味があるものか。私は幼い時よくそれを口に入れては父母に叱られたものだが、その幼時のあまい記憶が大きくなって落魄れた私に蘇ってくる故だろうか、全くあの味には幽かな爽かな何となく詩美と云ったような味覚が漂って来る。

察しはつくだろうが私にはまるで金がなかった。とは云えそんなものを見て少しでも心の動きかけた時の私自身を慰める為には贅沢ということが必要であった。二銭や三銭のもの――と云って贅沢なもの。美しいもの――と云って無気力な私の触角に寧ろ媚びて来るもの。――そう云ったものが自然私を慰めるのだ。

生活がまだ蝕まれていなかった以前私の好きであった所は、例えば丸善であった。赤や黄のオードコロンやオードキニン。洒落た切子細工や典雅なロココ趣味*の浮模様を持った琥珀色や翡翠色の香水壜。煙管、小刀、石鹸、煙草。私はそんなものを見るのに小一時間も費すことがあった。そして結局一等いい鉛筆を一本買う位の贅沢をするのだった。然し此処ももうその頃の私にとっては重くるしい場所にすぎなかった。書籍、学生、勘定台、これらはみな借金取の亡霊のように私には見えるのだった。

ある朝――その頃私は甲の友達から乙の友達へという風に友達の下宿を転々として暮していたのだが――友達が学校へ出てしまったあとの空虚な空気のなかにぽつねん

と一人取残された。私はまた其処から彷徨い出なければならなかった。何かが私を追いたてる。そして街から街へ、先に云ったような裏通りを歩いたり、駄菓子屋の前で立留ったり、乾物屋の乾蝦や棒鱈や湯葉を眺めたり、とうとう私は二条の方へ寺町を下り、其処の果物屋で足を留めた。此処でちょっとその果物屋を紹介したいのだが、その果物屋は私の知っていた範囲で最も好きな店であった。其処は決して立派な店ではなかったのだが、果物屋固有の美しさが最も露骨に感ぜられた。果物はかなり勾配の急な台の上に並べてあって、その台というのも古びた黒い漆塗りの板だったように思える。何か華やかな美しい音楽の快速調*の流れが、見る人を石に化したというゴルゴンの鬼面*――的なものを差しつけられて、あんな色彩やあんなヴォリウムに凝り固まったという風に果物は並んでいる。青物もやはり奥へゆけばゆく程堆高く積まれている。――実際あそこの人参葉の美しさなどは素晴しかった。それから水に漬けてある豆だとか慈姑だとか。

また其処の家の美しいのは夜だった。寺町通は一体に賑かな通りで――と云って感じは東京や大阪よりはずっと澄んでいるが――飾窓の光がおびただしく街路へ流れ出ている。それがどうした訳かその店頭の周囲だけが妙に暗いのだ。もともと片方は暗い二条通に接している街角になっているので、暗いのは当然であったが、その隣家が寺町通にある家にも拘らず暗かったのが瞭然しない。然しその家が暗くなかったら、あんなにも私を誘惑するには至らなかったと思う。もう一つはその家の打ち出した廂なのだが、その廂が眼深に冠った帽子の廂のように――これは形容というよりも、「おや、あそこの店は帽子の廂をやけに下げているぞ」と思わせる程なので、廂の上はこれも真暗なのだ。そう周囲が真暗なため、店頭に点けられた幾つもの電燈が驟雨のように浴せかける絢爛は、周囲の何者にも奪われることなく、肆にも美しい眺めが照し出されているのだ。裸の電燈が細長い螺旋棒をきりきり眼の中へ刺し込んで来る往来に立って、また近所にある鎰屋の二階の硝子窓をすかして眺めたこの果物店の眺め程、その時どきの私を興がらせたものは寺町の中でも稀だった。

その日私は何時になくその店で買物をした。というのはその店には珍らしい檸檬が出ていたのだ。檸檬など極くありふれている。がその店というのも見すぼらしくはないまでもただあたりまえの八百屋に過ぎなかったので、それまであまり見かけたことはなかった。一体私はあの檸檬が好きだ。レモンエロウの絵具をチューブから搾り出して固めたようなあの単純な色も、それからあの丈の詰った紡錘形の恰好も。――結局私はそれを一つだけ買うことにした。それからの私は何処へどう歩いたのだろう。私は長い間街を歩いていた。始終私の心を圧えつけていた不吉な塊がそれを握った瞬間からいくらか弛んで来たとみえて、私は街の上で非常に幸福であった。あんなに執拗かった憂鬱が、そんなものの一顆で紛らされる——或いは不審なことが、逆説的な本当であった。それにしても心という奴は何という不可思議な奴だろう。

その檸檬の冷たさはたとえようもなくよかった。その頃私は肺尖を悪くしていていつも身体に熱が出た。事実友達の誰彼に私の熱を見せびらかす為に手の握り合いなどをしてみるのだが、私の掌が誰のよりも熱かった。その熱い故だったのだろう、握っている掌から身内に浸み透ってゆくようなその冷たさは快いものだった。

私は何度も何度もその果実を鼻に持って行っては嗅いでみた。それの産地だというカリフォルニヤが想像に上って来る。漢文で習った「売柑者之言」*の中に書いてあった「鼻を撲つ」という言葉が断れぎれに浮んで来る。そしてふかぶかと胸一杯に匂やかな空気を吸込めば、ついぞ胸一杯に呼吸したことのなかった私の身体や顔には温い血のほとぼりが昇って来て何だか身内に元気が目覚めて来たのだった。……

実際あんな単純な冷覚や触覚や嗅覚や視覚が、ずっと昔からこればかり探していたのだと云いたくなった程私にしっくりしたなんて私は不思議に思える——それがあの頃のことなんだから。

私はもう往来を軽やかに昂奮に弾んで、一種誇りかな気持さえ感じながら、美的装束をして街を濶歩した詩人のことなど思い浮べては歩いていた。汚れた手拭の上へ載せてみたりマントの上へあてがってみたりして色の反映を量ったり、またこんなことを思ったり、

――つまりはこの重さなんだな。――

その重さこそ常づね私が尋ねあぐんでいたもので、疑いもなくこの重さは総ての善いもの総ての美しいものを重量に換算してきた重さであるとか、思いあがった諧謔心からそんな馬鹿げたことを考えて見たり――何がさて私は幸福だったのだ。

何処をどう歩いたのだろう、私が最後に立ったのは丸善の前だった。平常あんなに避けていた丸善がその時の私には易やすと入れるように思えた。

「今日は一つ入って見てやろう」そして私はずかずか入って行った。

然しどうしたことだろう、私の心を充していた幸福な感情は段々逃げて行った。香水の壜にも煙管にも私の心はのしかかってはゆかなかった。憂鬱が立て罩めて来る、私は歩き廻った疲労が出て来たのだと思った。私は画本の棚の前へ行って見た。画集の重たいのを取り出すのさえ常に増して力が要るな！　と思った。然し私は一冊ずつ抜き出しては見る、そして開けては見るのだが、克明にはぐってゆく気持は更に湧いて来ない。然も呪われたことにはまた次の一冊を引き出して来る。それも同じことだ。

それでいて一度バラバラとやって見なくては気が済まないのだ。それ以上は堪らなくなって其処へ置いてしまう。以前の位置へ戻すことさえ出来ない。私は幾度もそれを繰返した。とうとうおしまいには日頃から大好きだったアングル*の橙色の重い本まで尚一層の堪え難さのために置いてしまった。――何という呪われたことだ。手の筋肉に疲労が残っている。私は憂鬱になってしまって、自分が抜いたまま積み重ねた本の群を眺めていた。

以前にはあんなに私をひきつけた画本がどうしたことだろう。一枚一枚に眼を晒し終って後、さてあまりに尋常な周囲を見廻すときのあの変にそぐわない気持を、私は以前には好んで味っていたものであった。……

「あ、そうだそうだ」その時私は袂の中の檸檬を憶い出した。本の色彩をゴチャゴチャに積みあげて、一度この檸檬で試して見たら。「そうだ」

私にまた先程の軽やかな昂奮が帰って来た。私は手当り次第に積みあげ、また慌しく潰し、また慌しく築きあげた。新しく引き抜いてつけ加えたり、取去ったりした。奇怪な幻想的な城が、その度に赤くなったり青くなったりした。

やっとそれは出来上った。そして軽く跳りあがる心を制しながら、その城壁の頂きに恐る恐る檸檬を据えつけた。そしてそれは上出来だった。

見わたすと、その檸檬の色彩はガチャガチャした色の諧調をひっそりと紡錘形の身体の中へ吸収してしまって、カーンと冴えかえっていた。私は埃っぽい丸善の中の空気が、その檸檬の周囲だけ変に緊張しているような気がした。私はしばらくそれを眺めていた。

不意に第二のアイディアが起った。その奇妙なたくらみは寧ろ私をぎょっとさせた。

――それをそのままにしておいて私は、何喰わぬ顔をして外へ出る。――

私は変にくすぐったい気持がした。「出て行こうかなあ。そうだ出て行こう」そして私はすたすた出て行った。

変にくすぐったい気持が街の上の私を微笑ませた。丸善の棚へ黄金色に輝く恐ろしい爆弾を仕掛て来た奇怪な悪漢が私で、もう十分後にはあの丸善が美術の棚を中心として大爆発をするのだったらどんなに面白いだろう。

私はこの想像を熱心に追求した。「そうしたらあの気詰りな丸善も粉葉みじんだろう」

そして私は活動写真の看板画が奇体な趣きで街を彩っている京極を下って行った。

（一九二四年十月）

城のある町にて

ある午後

「高いとこの眺めは、アアッ（と咳をして）また格段でごわすな」

片手に洋傘、片手に扇子と日本手拭を持っている。頭が奇麗に禿げていて、カンカン帽子を冠っているのが、まるで栓をはめたように見える。――そんな老人が朗らかにそう云い捨てたまま峻の脇を歩いて行った。云っておいて此方を振り向くでもなく、眼はやはり遠い眺望へ向けたままで、さもやれやれと云った風に石垣のはなのベンチへ腰をかけた。――

町を外れてまだ二里程の間は平坦な緑。I湾*の濃い藍が、それの彼方に拡っている。裾のぼやけた、そして全体もあまりかっきりしない入道雲が水平線の上に静かに蟠っている。――

「ああ、そうですなあ」少し間誤つきながらそう答えた時の自分の声の後味がまだ喉や耳のあたりに残っているような気がされて、その時の自分と今の自分とが変にそぐわなかった。なんの拘りもしらないようなその老人に対する好意が頰に刻まれたまま、峻はまた先程の静かな展望のなかへ吸い込まれて行った。――風がすこし吹いて、午後であった。

一つには、可愛い盛りで死なせた妹のことを落ちついて考えて見たいという若者めいた感慨から、峻はまだ五七日*を出ない頃の家を出てこの地の姉の家へやって来た。

ぼんやりしていて、それが他所の子の泣声だと気がつくまで、死んだ妹の声の気持がしていた。

「誰だ。暑いのに泣かせたりなんぞして」

そんなことまで思っている。

彼女がこと切れた時よりも、火葬場での時よりも、変った土地へ来てするこんな経験の方に「失った」という思いは強く刻まれた。

「たくさんの虫が、一匹の死にかけている虫の周囲に集って、悲しんだり泣いたりしている」と友人に書いたような、彼女の死の前後の苦しい経験がやっと薄い面紗のあちらに感ぜられるようになったのもこの土地へ来てからであった。そしてその思いにも落ちつき、新らしい周囲にも心が馴染んで来るに随って、峻には珍らしく静かな心持がやって来るようになった。いつも都会に住み慣れ、殊に最近は心の休む隙もなかった後で、彼はなおさらこの静けさの中で恭しくなった。道を歩くのにも出来るだけ疲れないように心掛ける。棘一つ立てないようにしよう。指一本詰めないようにしよう。ほんの些細なことがその日の幸福を左右する。——迷信に近い程そんなことが思われた。そして旱の多かった夏にも雨が一度来、二度来、それがあがる度毎に稍〻秋めいたものが肌に触れるように気候もなって来た。

そうした心の静けさとかすかな秋の先駆は、彼を部屋の中の書物や妄想にひきとめてはおかなかった。草や虫や雲や風景を眼の前へ据えて、秘かに抑えて来た心を燃えさせる、——ただそのことだけが仕甲斐のあることのように峻には思えた。

「家の近所にお城跡がありまして峻の散歩には丁度良いと思います」姉が彼の母の許へ寄来した手紙にこんなことが書いてあった。着いた翌日の夜。義兄と姉とその娘と四人で初めてこの城跡へ登った。旱の為うんかがたくさん田に湧いたのを除虫燈で殺している。それがもうあと二三日だからというので、それを見にあがったのだった。平野は見渡す限り除虫燈の海だった。遠くになると星のように瞬いている。山の峡間がぼうと照されて、そこから大河のように流れ出ている所もあった。彼はその異常な光景に昂奮して涙ぐんだ。風のない夜で涼みかたがた見物に来る町の人びとで城跡は賑わっていた。闇のなかから白粉を厚く塗った町の娘達がはしゃいだ眼を光らせた。

今、空は悲しいまで晴れていた。そしてその下に町は甍を並べていた。

白堊の小学校。土蔵作りの銀行。寺の屋根。そして其処此処、西洋菓子の間に詰めてあるカンナ屑めいて、緑色の植物が家々の間から萌え出ている。或る家の裏には芭蕉の葉が垂れている。糸杉の巻さあがった葉も見える。重ね綿のような恰好に刈られた松も見える。みな黝んだ下葉と新らしい若葉で、いい風な緑色の容積を造っている。

遠くに赤いポストが見える。

乳母車なんとかと白くペンキで書いた屋根が見える。

日をうけて赤い切地を張った張物板が、小さく屋根瓦の間に見える。——

夜になると火の点いた町の大通りを、自転車でやって来た村の青年達が、大勢連れで遊廓の方へ乗ってゆく。店の若い衆なども浴衣がけで、昼見る時とはまるで異った風に身体をくねらせながら白粉を塗った女をからかってゆく。——そうした町も今は屋根瓦の間へ挟まれてしまって、そのあたりに幟をたくさん立てて芝居小屋がそれと察しられるばかりである。

西日を除けて、一階も二階も三階も、西の窓をすっかり日覆をした旅館が稍〻近くに見えた。何処（どこ）からか材木を叩（たた）く音が——もともと高くもない音らしかったが、町の空へ「カーン、カーン」と反響した。

次つぎと止（や）まるひまなしにつくつく法師（ぼうし）が鳴いた。「文法の語尾の変化をやっているようだな」ふとそんなに思って見て、聞いていると不思議に興が乗って来た。「チュクチュクチュク」と始めて「オーシ、チュクチュク」を繰返えす、そのうちにそれが「チュクチュク、オーシ」になったり「オーシ、チュクチュク」にもどったりして、しまいに「スットコチーヨ」「スットコチーヨ」になって「ジー」と鳴きやんでしまう。中途に横から「チュクチュク」と始めるのが出て来る。するとまた一つのは「スットコチーヨ」を終って「ジー」に移りかけている。三重四重、五重にも六重にも重なって鳴いている。

峻はこの間、やはりこの城跡のなかにある社の桜の木で法師蟬（ほうしぜみ）が鳴くのを、一尺程の間近で見た。華車（きゃしゃ）な骨に石鹼玉（シャボンだま）のような薄い羽根を張った、身体の小さい昆虫に、よくあんな高い音が出せるものだと、驚きながら見ていた。その高い音と関係があると云えば、ただその腹から尻尾（しっぽ）へかけての伸縮であった。柔毛（にこげ）の密生している、節を持った、その部分は、まるでエンジンの或る部分のような正確さで動いていた。——その時の恰好が思い出せた。腹から尻尾へかけてのブリッとした膨らみ。隅々まで力がはち切ったような伸び縮み。——そしてふと蟬一匹の生物が無上に勿体(もったい)ないものだという気持に打たれた。

時どき、先程の老人のようにやって来ては涼をいれ、景色を眺めてはまた立ってゆく人があった。

峻が此処へ来る時によく見る、亭(ちん)の中で昼寝をしたり海を眺めたりする人がまた来ていて、今日は子守娘と親しそうに話をしている。

蟬取竿(せみとりざお)を持った子供があちこちする。虫籠(むしかご)を持たされた児(こ)は、時どき立留っては籠の中を見、また竿の方を見ては小走りに随(つ)いてゆく。物を云わないでいて変に芝居のような面白さが感じられる。

またあちらでは女の子達が米つきばったを捕えては、「ねぎさん米つけ、何とか何とか」と云いながら米をつかせている。ねぎさんというのはこの土地の言葉で神主のことを云うのである。峻は善良な長い顔の先に短い二本の触角を持った、そう思えばいかにも神主めいたばったが、女の子に後脚(あとあし)を持たれて身動きのならないままに米をつくその恰好が呑気(のんき)なものに思い浮んだ。

女の子が追いかける草のなかを、ばったは二本の脚を伸し、日の光を羽根一ぱいに負いながら、何匹も飛び出した。

時どき烟を吐く煙突があって、田野はその辺りから展けていた。レムブラント*の素描めいた風景が散ばっている。

黝い木立。百姓家。街道。そして青田のなかに褪赭の煉瓦の煙突。

小さい軽便が海の方からやって来る。

海からあがって来た風は軽便の煙を陸の方へ、その走る方へ吹きなびける。見ていると煙のようではなくて、煙の形を逆に固定したまま玩具の汽車が走っているようである。

ササササと日が翳る。風景の顔色が見る見る変ってゆく。

遠く海岸に沿って斜に入り込んだ入江が見えた。――峻はこの城跡へ登る度、幾度となくその入江を見るのが癖になっていた。

海岸にしては大きい立木が所どころ繁っている。その蔭にちょっぴり人家の屋根が覗いている。そして入江には舟が舫っている気持。

それはただそれだけの眺めであった。何処を取り立てて特別心を惹くようなところはなかった。それでいて変に心が惹かれた。

なにかある。本当になにかがそこにある。といってその気持を口に出せば、もう空ぞらしいものになってしまう。

例えばそれを故のない淡い憧憬といった風の気持、と名づけてみようか。誰かが「そうじゃないか」と尋ねてくれたとすれば彼はその名づけ方に賛成したかも知れない。然し自分では「まだなにか」という気持がする。

人種の異ったような人びとが住んでいて、この世と離れた生活を営んでいる。――そんなような所にも思える。とはいえそれはあまりお伽話めかした、ぴったりしないところがある。

なにか外国の画で、彼処に似た所が描*いてあったのが思い出せない為ではないかとも思って見る。それにはコンステイブルの画を一枚思い出している。やはりそれでもない。

では一体何だろうか。このパノラマ風の眺めは何に限らず一種の美しさを添えるものである。然し入江の眺めはそれに過ぎていた。そこに限って気韻が生動している。

そんな風に思えた。――

空が秋らしく青空に澄む日には、海はその青より稍〻温い深青に映った。白い雲がある時は海も白く光って見えた。今日は先程の入道雲が水平線の上へ拡ってザボンの内皮の色がして、海も入江の真近までその色に映っていた。今日も入江はいつものように謎をかくして静まっていた。

見ていると、獣のようにこの城のはなから悲しい唸声(うなりごえ)を出して見たいような気になるのも同じであった。息苦しいほど妙なものに思えた。

夢で不思議な所へ行っていて、此処は来た覚えがあると思っている。――丁度それに似た気持で、えたいの知れない想(おも)い出が湧いて来る。

「ああかかる日のかかるひととき」

「ああかかる日のかかるひととき」

何時(いつ)用意したとも知れないそんな言葉が、ひらひらとひらめいた。――

「ハリケンハッチ*のオートバイ」

「ハリケンハッチのオートバイ」

先程の女の子らしい声が峻の足の下で次つぎに高く響いた。丸の内の街道を通ってゆくらしい自動自転車の爆音がきこえていた。

この町のある医者がそれに乗って帰って来る時刻であった。その爆音を聞くと峻の家の近所にいる女の子は我勝ちに「ハリケンハッチのオートバイ」と叫ぶ。「オートバ」と云っている児もある。

三階の旅館は日覆をいつの間にか外した。

遠い物干台の赤い張物板ももう見つからなくなった。

町の屋根からは煙。遠い山からは蜩。

手品と花火

これはまた別の日。

夕食と風呂を済ませて峻は城へ登った。

薄暮の空に、時どき、数里離れた市で花火をあげるのが見えた。気がつくと綿で包んだような音がかすかにしている。それが遠いので間の抜けた時に鳴った。いいものを見る、と彼は思っていた。

ところへ十七程を頭に三人連れの男の児が来た。これも食後の涼みらしかった。峻に気を兼ねてか静かに話をしている。

口で教えるのにも気がひけたので、彼はわざと花火のあがる方を熱心なふりをして見ていた。

末遠いパノラマのなかで、花火は星水母ほどのさやけさに光っては消えた。海は暮れかけていたが、その方はまだ明るみが残っていた。

暫くすると少年達もそれに気がついた。彼は心の中で喜んだ。

「四十九」

「ああ。四十九」

そんなことを云いあいながら、一度あがって次あがるまでの時間を数えている。彼はそれらの会話をきくともなしに聞いていた。

「××ちゃん。花は」

「フロラ」一番年のいったのがそんなに答えている。――

城でのそれを憶い出しながら、彼は家へ帰って来た。家の近くまで来ると、隣家の人が峻の顔を見た。そして慌てたように、

「帰っておいでなしたぞな」と家へ云い入れた。

奇術が何とか座にかかっているのを見にゆこうかと云っていたのを、峻がぽっと出てしまったので騒いでいたのである。

「あ。どうも」と云うと、義兄は笑いながら、

「はっきり云うとかんのがいかんのやさ」と姉に脊負わせた。姉も笑いながら衣服を出しかけた。彼が城へ行っている間に姉も信子（義兄の妹）もこってり化粧をしていた。

姉が義兄に、

「あんた、扇子は？」

「衣嚢（かくし）にあるけど……」

「そうやな。あれも汚れてますで……」

姉が合点合点などしてゆっくり捜しかけるのを、じゅうじゅうと音をさせて煙草（たばこ）を吞（の）んでいた兄は、

「扇子なんかどうでもええわな。早う仕度しやんし」と云って煙管（きせる）の詰ったのを気にしていた。

奥の間で信子の仕度を手伝ってやっていた義母（はは）が、

「さあ、こんなはどうやな」と云って団扇（うちわ）を二三本寄せて持って来た。砂糖屋などが配って行った団扇である。

姉が種々と衣服を着こなしているのを見ながら、彼は信子がどんな心持で、またどんな風で着附けをしているだろうなど、奥の間の気配に心をやったりした。

やがて仕度が出来たので峻はさきへ下りて下駄を穿（は）いた。

「勝子（姉夫婦の娘）がそこらにいますで、よぼってやっとくなさい」と義母が云った。

袖（そで）の長い衣服を着て、近所の子等のなかに雑（まじ）っている勝子は、呼ばれたまま、まだなにか云いあっている。

「『カ』ちゅうとこへ行くの」

「かつどうや」

「活動や、活動やあ」と二三人の女の子がはやした。

「ううん」と勝子は首をふって

「『ヨ』ちっとこへ行くの」とまたやっている。

「ようちえん？」

「いやらし、幼稚園、晩にはあれへんわ」

義兄が出て来た。

「早うお出（い）でな、放っといてゆくぞな」

姉と信子が出て来た。白粉（おしろい）を濃くはいた顔が夕暗（ゆうやみ）に浮んで見えた。さっきの団扇を一つずつ持っている。

「お待ち遠さま。勝子は。勝子、扇持ってるか」

勝子は小さい扇をちらと見せて姉に纏（まと）いつきかけた。

「そんならお母さん、行って来ますで……」

姉がそう云うと、

「勝子、帰ろ帰ろ云わんのやんな」と義母は勝子に云った。

「云わんのやんな」勝子は返事のかわりに口真似(くちまね)をして峻の手のなかへ入って来た。そして峻は手をひいて歩き出した。

往来に涼み台を出している近所の人びとが、通りすがりに、今晩は、今晩は、と声をかけた。

「勝ちゃん此処何てとこ？」彼はそんなことを訊(き)いてみた。

「しょうせんかく」

「朝鮮閣？」

「ううん、しょうせんかく」

「朝鮮閣？」

「しょう―せん―かく」

「朝―鮮―閣？」

「うん」と云って彼の手をぴしゃと叩(たた)いた。

しばらくして勝子から、

「しょうせんかく」と云い出した。

「朝鮮閣」

抵悟しいのは此方だ、と云った風に寸分違わないように似せてゆく。それが遊戯になってしまった。しまいには彼が「松仙閣」といっているのに、勝子の方では知らずに「朝鮮閣」と云っている。信子がそれに気がついて笑い出した。笑われると勝子は冠を曲げてしまった。

「勝子」今度は義兄の番だ。

「ちがいますともわらびます」

「ううん」鼻ごえをして、勝子は義兄を打つ真似をした。義兄は知らん顔で、

「ちがいますともわらびます。あれ何やったな。勝子。一遍峻さんに聞かしたげなさい」

泣きそうに鼻をならし出したので信子が手をひいてやりながら歩き出した。

「これ……それから何というつもりやったんや？」

「これ、蕨とは違いますって云うつもりやったんやなあ」信子がそんなに云って庇護ってやった。

「一体何処のひとにそんなことを云うたんやな？」今度は半分信子に訊いている。

「吉峰さんのおじさんにやなあ」信子は笑いながら勝子の顔を覗いた。

「まだあったぞ。もう一つどえらいのがあったぞ」義兄がおどかすようにそう云うと、姉も信子も笑い出した。勝子は本式に泣きかけた。

城の石垣に大きな電燈がついていて、後ろの木々に皎々と照っている。その前の木々は反対に黒ぐろとした蔭になっている。その方で蟬がジッジジッジと鳴いた。

彼は一人後ろになって歩いていた。

彼がこの土地へ来てから、こうして一緒に出歩くのは今夜がはじめてであった。若い女達と出歩く。そのことも彼の経験では、極めて稀であった。彼はなんとなしに幸福であった。

少し我儘な所のある彼の姉と触れ合っている態度に、少しも無理がなく、——それを器用にやっているのではなく、生地からの平和な生れ附きでやっている。信子はそんな娘であった。

義母などの信心から、天理教様に拝んで貰えと云われると、素直に拝んで貰っている。それは指の傷だったが、そのため評判の琴も弾かないでいた。

学校の植物の標本を造っている。用事に町へ行ったついでなどに、雑草をたくさん風呂敷へ入れて帰って来る。勝子が欲しがるので勝子にも頒けてやったりなどして、独りせっせとおしをかけている。

勝子が彼女の写真帖を引き出して来て、彼のところへ持って来た。それを極り悪そうにもしないで、彼の聞くことを穏かにはきはきと受け答えする。——信子はそんな好もしいところを持っていた。

今彼の前を、勝子の手を曳いて歩いている信子は、家の中で肩縫揚げのしてある衣服を着て、足をにょきにょき出している彼女とまるで違っておとなに見えた。その隣に姉が歩いている。彼は姉が以前より少し痩せて、いくらかでも歩き振りがよくなったと思った。

「さあ。あんた。先へ歩いて……」

姉が突然後ろを向いて彼に云った。

「どうして」今までの気持で訊かなくともわかっていたがわざと彼はとぼけて見せた。そして自分から笑ってしまった。こんな笑い方をしたからにはもう後から歩いてゆく訳にはゆかなくなった。

「早う。気持が悪いわ。なあ。信ちゃん」

「……」笑いながら信子も点頭いた。

芝居小屋のなかは思ったように蒸し暑かった。

水番というのか、銀杏返しに結った、年の老けた婦が、座蒲団を数だけ持って、先に立ってばたばた敷いてしまった。平場の一番後ろで、峻が左の端、中へ姉が来て、信子が右の端、後ろへ兄が坐った。丁度幕間で、階下は七分通り詰っていた。

先刻の婦が煙草盆を持って来た。火が埋んであって、暑いのに気が利かなかった。立ち去らずに愚図愚図している。何と云ったらいいか、この手の婦特有な狡猾い顔附で、眼をきょろきょろさせている。眼顔で火鉢を指したり、そらしたり、兄の顔を盗み見たりする。此方が見てよくわかっているのにと思い、財布の銀貨を袂の中で出し悩みながら、彼はその無躾に腹が立った。

義兄は落ちついてしまって、まるで無感覚である。

「へ、お火鉢」婦はこんなことをそわそわ云ってのけて、忙しそうに揉手をしながらまた眼をそらす。やっと銀貨が出て婦は帰って行った。

やがて幕があがった。

日本人のようでない、皮膚の色が少し黒みがかった男が不熱心に道具を運んで来て、時どきじろじろと観客の方を見た。ぞんざいで、面白く思えなかった。それが済むと怪しげな名前の印度人が不作法なフロックコートを着て出て来た。何かわからない言葉で喋った。唾液をとばしている様子で褪めた唇の両端に白く唾がたまっていた。

「なんて云ったの」姉がこんなに訊いた。すると隣の他処の人も彼の顔を見た。彼は閉口してしまった。

印度人は席へ下りて立会人を物色している。一人の男が腕をつかまれたまま、危うな気な羞笑をしていた。その男はとうとう舞台へ連れてゆかれた。

髪の毛を前へおろして、糊の寝た浴衣を着、暑いのに黒足袋を穿いていた。にこにこして立っているのを、先程の男が椅子を持って来て坐らせた。

印度人は非道い奴であった。

握手をしようと云って男の前へ手を出す。男はためらっていたが思い切って手を出した。すると印度人は自分の手を引き込めて、観客の方を向き、その男の手振を醜く真似て見せ、首根っ子を縮めて、嘲笑って見せた。毒々しいものだった。男は印度人の方を見、自分の元いた席の方を見て、危な気に笑っている。なにか訳のありそうな笑い方だった。子供か女房かがいるのじゃないか。堪らない。と峻は思った。

握手が失敬になり、印度人の悪ふざけは益々性がわるくなった。見物はその度に笑った。そして手品がはじまった。

紐があったのは、切ってもつながっているという手品。金属の瓶があったのは、いくらでも水が出るという手品。——極くつまらない手品で、硝子(ガラス)の卓子(テーブル)の上のものは減って行った。まだ林檎(りんご)が残っていた。これは林檎を食って、食った林檎の切(きれ)が今度は火を吹いて口から出て来るというので、試しに例の男が食わされた。皮ごと食ったというので、これも笑われた。

峻はその箸(はし)にも棒にもかからないような笑い方を印度人がする度に、何故(なぜ)あの男は何とかしないのだろうと思っていた。そして彼自身かなり不愉快になっていた。

そのうちに不図(ふと)、先程の花火が思い出されて来た。

「先程の花火はまだあがっているだろうか」そんなことを思った。

薄明りの平野のなかへ、星水母(ほしくらげ)ほどに光っては消える遠い市の花火。海と雲と平野のパノラマがいかにも美しいものに思えた。

「花は」

「Flo ra.」

*

たしかに「Flower.」とは云わなかった。

その子供といい、そのパノラマといい、どんな手品師も敵(かな)わないような立派な手品だったような気がした。

そんなことが彼の不愉快を段々と洗って行った。いつもの癖で、不愉快な場面を非人情に見る、――そうすると反対に面白く見えて来る――その気持がものになりかけて来た。

下等な道化に独りで腹を立てていた先程の自分が、ちょっと滑稽だったと彼は思った。

舞台の上では印度人が、看板画そっくりの雰囲気のなかで、口から盛に火を吹いていた。それには怪しげな美しささえ見えた。

やっと済むと幕が下りた。

「ああ面白かった」ちょっと嘘のような、とってつけたように勝子が云った。云い方が面白かったので皆笑った。――

美人の宙釣り。

力業。

*

オペレット。浅草気分。

美人胴切。

そんなプログラムで、晩く家へ帰った。

病気

姉が病気になった。脾腹(ひばら)が痛む、そして高い熱が出る。峻は腸チブスではないかと思った。枕(まくら)もとで兄が、

「医者さんを呼びに遣(や)ろうかな」と云っている。

「まあよろしいわな。かい虫かも知れませんで」そして峻にともつかず兄にともつかず、

「昨日あないに暑かったのに、歩いて帰って来る道で汗がちっとも出なんだの」と弱よわしく云っている。

その前の日の午後、少し浮かぬ顔で遠くから帰って来るのが見え、勝子と二人で窓からふざけながら囃(はや)し立てた。

「勝子、あれ何処の人?」

「あら。お母さんや。お母さんや」

「嘘いえ。他所(よそ)のおばさんだよ。見ておいで。家へ這入(はい)らないから」

その時の顔を峻は思い出した。少し変だったことは少し変だった。家のなかばかり

で見馴れている家族を、不図往来で他所目に見る——そんな珍らしい気持で見た故と峻は思っていたが、少し力がないようでもあった。

医者が来て、やはりチブスの疑いがあると云って帰った。峻は階下で困った顔を兄とつき合せた。兄の顔には苦しい微笑が凝っていた。

腎臓の故障だったことがわかった。舌の苔がなんとかで、と云って明瞭にチブスとも云い兼ねていた由を云って、医者も元気に帰って行った。

この家へ嫁いで来てから、病気で寝たのはこれで二度目だと姉が云った。

「一度は北牟婁で」

「あの時は弱ったな。近所に氷屋がありませいでなあ、夜中の二時頃、四里程の道を自転車で走って、叩き起して買うたのはまあよかったやさ。風呂敷へ包んでサドルの後ろへ結えつけて戻って来たら、擦れとりましてな、これだけ程になっとった」

兄はその手つきをして見せた。姉の熱のグラフにしても、二時間おき程の正確なものを造ろうとする兄だけあって、その話には兄らしい味が出ていて峻も笑わされた。

「その時は？」

「かいい虫をわかしとりましたんじゃ」

——一つには峻自身の不検束な生活から、彼は一度肺を悪くしたことがあった。その時義兄は北牟婁でその病気が癒るようにと神詣でをしてくれた。病気が稍〻よくなって、峻は一度その北牟婁の家へ行ったことがあった。其処は山のなかの寒村で、村は百姓と木樵で、養蚕などもしていた。冬になると家の近くの畑まで猪が芋を掘りに来たりする。芋は百姓の半分常食になっていた。その時はまだ勝子も小さかった。近所のお婆さんが来て、勝子の絵本を見ながら講釈しているのに、象のことを鼻巻き象、猿のことを山の若い衆とかやえんとか呼んでいた。苗字のないという児がいるので聞いて見ると木樵の子だからと云って村の人は当然な顔をしている。小学校には生徒から名前の呼び棄てにされている、薫という村長の娘が教師をしていた。まだそれが十六七の年頃だった。——

北牟婁はそんな所であった。峻は北牟婁での兄の話には興味が持てた。

北牟婁にいた時、勝子が川へ陥ったことがある。その話が兄の口から出て来た。

——兄が心臓脚気で寝ていた時のことである。七十を越した、兄の祖母で、勝子の曾祖母にあたるお祖母さんが、勝子を連れて川へ茶碗を漬けに行った。その川というのが急な川で、狭かったが底はかなり深かった。お祖母さんは、何時でも兄達が捨てておけというのに、姉が留守だったりすると、勝子などを抱きたがった。その時も姉は外出していた。

はあ、出て行ったな。と寝床の中で思っていると、暫くして変な声がしたので、あっと思ったまま、ひかれるように大病人が起きて出た。川は直ぐ近くだった。見ると、お祖母さんが変な顔をして、「勝子が」と云ったのだが、そして一生懸命に云おうとしているのだが、そのあとが云えない。

「お祖母さん。勝子が何とした！」

「……」手の先だけが激しくそれを云っている。

勝子が川を流れてゆくのが見えているのだ！　川は丁度雨のあとで水かさが増していた。先に石の橋があって、水が板石とすれすれになっている。その先には川の曲るところがあって、其処は何時も渦が巻いている所だ。川はそこを曲って深い沼のような所へ入る。橋か曲り角で頭を打ちつけるか、流れて行って沼へ沈みでもしようものなら助からないところだった。

兄はいきなり川へ跳び込んで、あとを追った。橋までに捕えるつもりだった。

病気の身だった。それでもやっと橋の手前で捕えることは出来た。然し流れがきつくて橋を力に上ろうと思っても到底駄目だった。板石と水の隙間は、やっと勝子の頭位は通せる程だったので、兄は勝子を差し上げながら水を潜り、下手でようやくあがれたのだった。勝子はぐったりとなっていた。逆にしても水を吐かない。兄は気が気でなく、しきりに勝子の名を呼びながら、脊中を叩いた。

勝子はけろりと気がついた。気がついたが早いか、立つと直ぐ踊り出したりするのだ。兄はばかされたようで何だか変だった。

「このべべ何としたんや」と云って濡れた衣服をひっぱってみても「知らん」と云っている。足が滑った拍子に気絶しておったので、全く溺れたのではなかったと見える。

そして、何とまあ、何時もの顔で踊っているのだ。――

兄の話のあらましはこんなものだった。丁度近所の百姓家が昼寝の時だったので、自分がその時起きてゆかなければどんなに危険だったかとも云った。

話している方も聞いている方も惹き入れられて、兄が口をつぐむと、静かになった。

「わたしが帰って行ったらお祖母さんと二人で門で待ってはるの」姉がそんなことを云った。

「何やら家にいてられなんだわさ。着物を着かえてお母ちゃんを待っとろと云うたりしてなあ」

「お祖母さんがぼけはったのはあれからでしたな」姉は声を少しひそませて意味の籠った眼を兄に向けた。

「それがあってからお祖母さんが一寸ぼけみたいになりましてなあ。何時まで経ってもこれに、（と云って姉を指し）よしやんに済まん、よしやんに済まんと云いましてなあ」

「なんのお祖母さん、そんなことがあろうかさ、と云っているのに……」

それからのお祖母さんは目に見えてぼけて行って一年程経ってから死んだ。

峻にはそのお祖母さんの運命がなにか惨酷な気がした。それが故郷ではなく、勝子のお守りでもする気で出かけて行った北牟婁の山の中だっただけに、もう一つその感じは深かった。

峻が北牟婁へ行ったのは、その事件の以前であった。お祖母さんは勝子の名前を、その当時もう女学校へ上っていた筈の信子の名と、よく呼び違えた。信子はその当時母などと此方にいた。まだ信子を知らなかった峻には、お祖母さんが呼び違える度毎に、信子という名を持った十四五の娘が頭に親しく想像された。

勝子

峻は原っぱに面した窓に倚りかかって外を眺めていた。灰色の雲が空一帯を罩めていた。それはずっと奥深くも見え、また地上低く垂れ下っているようにも思えた。

あたりのものはみな光を失って静まっていた。ただ遠い病院の避雷針だけが、どうしたはずみか白く光って見える。

原っぱのなかで了供が遊んでいた。見ていると勝子もまじっていた。男の児が一人いて、なにか荒い遊びをしているらしかった。

勝子が男の児に倒された。起きたところをまた倒された。今度はぎゅうぎゅう押えつけられている。

一体なにをしているのだろう。なんだかひどいことをする。そう思って峻は目をとめた。

それが済むと今度は女の子連中が――それは三人だったが、改札口へ並ぶように男の児の前へ立った。変な切符切りがはじまった。女の子の差し出した手を、その男の児がやけに引っ張る。その女の子は地面へ叩きつけられる。次の子も手を出す。その手も引っ張られる。倒された子は起きあがって、また列の後ろへつく。

見ているとこうであった。男の児が手を引っ張る力加減に変化がつく。女の子の方ではその強弱をおっかなびっくりに期待するのが面白いのらしかった。強く引くのかと思うと、身体つきだけ強そうにして軽く引っ張る。すると次はいきなり叩きつけられる。次はまた、手を持ったという位の軽さで通す。男の児は小さい癖にどうかすると大人の——それも木挽きとか石工とかの恰好そっくりに見えることのある児で、今もなにか鼻唄でも歌いながらやっているように見える。そしていかにも得意気であった。

見ているとやはり勝子だけが一番余計強くされているように思えた。彼にはそれが悪くとれた。勝子は婉曲に意地悪されているのだな。——そう思うのには、一つは勝子が我儘で、よその子と遊ぶのにも決していい子にならないからでもあった。

それにしても勝子にはあの不公平がわからないのかな。いや、あれがわからない筈はない。寧ろ勝子にとっては、わかってはいながら瘦我慢を張っているのが本当らしい。

そんなに思っているうちにも、勝子はまたこっぴどく叩きつけられた。瘦我慢を張っているとすれば、倒された拍子に地面と睨めっこをしている時の顔附は一体どんなだろう。——立ちあがる時には、もうほかの子と同じような顔をしているが。

よく泣き出さないものだ。

男の児が不図した拍子にこの窓を見るかもしれないからと思って彼は窓のそばを離れなかった。

奥の知れないような曇り空のなかを、きらりきらり光りながら過ってゆくものがあった。

鳩？

雲の色にぼやけてしまって、姿は見えなかったが、光の反射だけ、鳥にすれば三羽程、鳩一流の何処にあてがあるともない飛び方で舞っていた。

「あああ。勝子のやつ奴、勝手に注文して強くして貰っているのじゃないかな」そんなことがふっと思えた。何時か峻が抱きすくめてやった時、「もっとぎゅうっと」と何度も抱きすくめさせた。その時のことが思い出せたのだった。そう思えばそれもいかにも勝子のしそうなことだった。峻は窓を離れて部屋のなかへ這入った。

夜、夕飯が済んで暫くしてから、勝子が泣きはじめた。峻は二階でそれを聞いていた。しまいにはそれを鎮める姉の声が高くなって来て、勝子もあたりかまわず泣きたてた。あまり声が大きいので峻は下へおりて行った。信子が勝子を抱いている。勝子は片手を電燈の真下へ引き寄せられて、針を持った姉が、掌へ針を持ってゆこうとする。

「そとへ行って棘を立てて来ましたんや。知らんとおったのが、御飯を食べるとき醬油が染みてな」義母が峻にそう云った。

「もっとぎゅうとお出し」姉は怒ってしまって、邪慳に掌を引っ張っている。その度に勝子は火の附くように泣声を高くする。

「もう知らん、放っといてやる」しまいに姉は掌を振り離してしまった。

「今は仕様ないで、××膏をつけてくっとこうよ」義母が取りなすように云っている。信子が薬を出しに行った。峻は勝子の泣声に閉口してまた二階へあがった。

薬をつけるのに勝子の泣声はまだ鎮まらなかった。

「棘はどうせあの時立てたに違いない」峻は昼間のことを思い出していた。ぴしゃっと地面へうつぶせになった時の勝子の顔はどんなだったろう、という考えがまた蘇って来た。

「ひょっとしてあの時の痩我慢を破裂させているのかも知れない」そんなことを思っ

て聞いていると、その火がつくような泣声が、なにか悲しいもののように峻には思えた。

昼と夜

彼は或る日城の傍の崖の蔭に立派な井戸があるのを見つけた。

其処は昔の士の屋敷跡のように思えた。畑ともつかない地面には、梅の老木があったり南瓜が植えてあったり紫蘇があったりした。城の崖からは太い逞しい喬木や古い椿が緑の衝立を作っていて、井戸はその蔭に坐っていた。

大きな井桁、堂々とした石の組み様、がっしりしていて立派であった。

若い女の人が二人、洗濯物を大盥で濯いでいた。

彼のいた所からは見えなかったが、その仕掛ははね釣瓶になっているらしく、汲みあげられて来る水は大きい木製の釣瓶桶に溢れ、樹々の緑が瑞みずしく映っている。盥の方の女の人が待つふりをすると、釣瓶の方の女の人は水を空けた。盥の水が躍り出して水玉の虹がたつ。其処へも緑は影を映して、美しく洗われた花崗岩の畳石の上を、また女の人の素足の上を水は豊かに流れる。

羨ましい、素晴らしく幸福そうな眺めだった。涼しそうな緑の衝立の蔭。確かに清冽で豊かな水。なんとなく魅せられた感じであった。

けふは青空よい天気
まへの家でも隣でも
水汲む洗ふ掛ける干す。

国定教科書にあったのか小学唱歌にあったのか、少年の時に歌った歌の文句が憶い出された。その言葉には何のたくみも感ぜられなかったけれど、彼が少年だった時代、その歌によって抱いたしんに朗らかな新鮮な想像が、思いがけず彼の胸におし寄せた。

かあかあ烏が鳴いてゆく、
お寺の屋根へ、お宮の森へ、
かあかあ烏が鳴いてゆく。

それには画がついていた。

また「四方」とかいう題で、子供が朝日の方を向いて手を拡げている図などの記憶が、次つぎに憶い出されて来た。

国定教科書の肉筆めいた楷書の活字。また何という画家の手に成ったものか、角のないその字体と感じのまるで似た、子供といえば円顔の優等生のような顔をしていると云った風の、挿画のこと。

「何とか権所有」＊それをゴンショユウと、人の前では読まなかったが、心のなかで仮に極めて読んでいたこと。そのなんとか権所有の、これもそう思えば国定教科書に似つかわしい、手紙の文例の宛名のような、人の名。そんな奥附の有様までが憶い出された。

——少年の時にはその画の通りの所が何処かにあるような気がしていた。そうした単純に正直な児が何処かにいるような気がしていた。彼にはそんなことが思われた。

それ等はなにかその頃の憧憬の対象でもあった。単純で、平明で、健康な世界。——今その世界が彼の前にある。思いもかけず、こんな田舎の緑樹の蔭に、その世界はもっと新鮮な形を具えて存在している。

そんな国定教科書風な感傷のなかに、彼は彼の営むべき生活が指唆されたような気がした。

――食ってしまいたくなるような風景に対する愛着と、幼い時の回顧や新らしい生活の想像とで彼の時どきの瞬間が燃えた。また時どき寝られない夜が来た。寝られない夜のあとでは、一寸したことに直ぐ底熱い昂奮が起きる。その昂奮がやむと道端でもかまわない直ぐ横になりたいような疲労が来る。そんな昂奮は楓の肌を見てさえ起った。――

楓樹の肌が冷えていた。城の本丸の彼が何時も坐るベンチの後ろでであった。

根方に松葉が落ちていた。その上を蟻が清らかに匍っていた。

冷い楓の肌を見ていると、ひぜんのようについている蘚の模様が美しく見えた。

子供の時の莫蓙遊びの記憶――殊にその触感が蘇った。

やはり楓の樹の下である。松葉が散って蟻が匍っている。地面にはでこぼこがある。そんな上へ莫蓙を敷いた。

「子供というものは確かにあの土地のでこぼこを冷い莫蓙の下に感じる蹠の感覚の快さを知っているものだ。そして莫蓙を敷くや否や直ぐその上へ跳び込んで、着物ぐるみじかに地面の上へ転がれる自由を楽しんだりする」そんなことを思いながら彼は直ぐにも頰ぺたを楓の肌につけて冷して見たいような衝動を感じた。

「やはり疲れているのだな」彼は手足が軽く熱を持っているのを知った。

「私はお前にこんなものをやろうと思う。

一つはゼリーだ。ちょっとした人の足音にさえいくつもの波紋が起り、風が吹いて来ると漣をたてる。色は海の青色で――御覧そのなかをいくつも魚が泳いでいる。もう一つは窓掛けだ。織物ではあるが秋草が茂っている叢になっている。またそこには見えないが、色づきかけた銀杏の木がその上に生えている気持。風が来ると草がさわぐ。そして、御覧。尺取虫が枝から枝を匍っている。

この二つをお前にあげる。まだ出来あがらないから待っているがいい。そしてつまらない時には、ふっと思い出して見るがいい。きっと愉快になるから」

彼は或る日葉書へそんなことを書いてしまった。勿論遊戯ではあったが。そしてこの日頃の昼となし夜となしに、時どきふと感じる気持のむずかゆさを幾分はかせたような気がした。夜、静かに寝られないでいると、空を五位が啼いて通った。ふとするとその声が自分の身体の何処かでしているように思われることがある。虫の啼く声などもへんに部屋の中でのように聞える。

「はあ、来るな」と思っているとえたいの知れない気持が起って来る。――これはこの頃眠れない夜のお極まりのコースであった。

変な気持は、電燈を消し眼をつぶっている彼の眼の前へ、物が盛に運動する気配を感じさせた。尨大なものの気配が見るうちに裏返って微塵程になる。確かどこかで触ったことのあるような、口へ含んだことのあるような運動である。廻転機のように絶えず廻っているようで、寝ている自分の足の先あたりを想像すれば、途方もなく遠方にあるような気持に直ぐそれが捲き込まれてしまう。本などを読んでいると時とすると字が小さく見えて来ることがあるが、その時の気持にすこし似ている。ひどくなると一種の恐怖さえ伴って来て眼を閉いではいられなくなる。

彼はこの頃それが妖術が使えそうになる気持だと思うことがあった。それはこんな妖術であった。

子供のとき、弟と一緒に寝たりなどすると、彼はよくうつ伏せになって両手で墻を作りながら（それが牧場の積りであった）

「芳雄君。この中に牛が見えるぜ」と云いながら弟をだました。両手にかこまれて、顔で蓋をされた、敷布の上の暗黒のなかに、そう云えばたくさんの牛や馬の姿が想像されるのだった。――彼は今そんなことはほんとうに可能だという気がした。

田園、平野、市街、市場、劇場。船着場や海。そう云った広大な、人や車馬や船や生物でちりばめられた光景が、どうかしてこの暗黒のなかへ現れてくれるといい。そしてそれが今にも見えて来そうだった。耳にもその騒音が伝わって来るように思えた。

葉書へいたずら書をした彼の気持も、その変てこなむず痒(かゆ)さから来ているのだった。

雨

八月も終りになった。

信子は明日市(まち)の学校の寄宿舎へ帰るらしかった。指の傷が癒(なお)ったので、天理様へ御礼に行って来いと母に云われ、近所の人に連れられて、そのお礼も済ませて来た。その人がこの近所では最も熱心な信者だった。

「荷札は？」信子の大きな行李(こうり)を縛ってやっていた兄がそう云った。

「何を立って見とるのや」兄が怒ったようにからかうと、信子は笑いながら捜しに行った。

「ないわ」信子がそんなに云って帰って来た。

「カフスの古いので作ったら……」と彼が云うと、兄は、

「いや、まだたくさんあった筈や。あの抽出し見たか」信子は見たと云った。

「勝子がまた蔵い込んどるんやないかいな。一遍見てみ」兄がそんなに云って笑った。

勝子は自分の抽出しへ極く下らないものまで拾って来ては蔵い込んでいた。

「荷札なら此処や」母がそう云って、それ見たかというような軽い笑顔をしながら持って来た。

「やっぱり年寄がおらんとあかんて」兄はそんな情愛の籠ったことを云った。

晩には母が豆を煎っていた。

「峻さん。あんたにこんなのはどうですな」そんなに云って煎りあげたのを彼の方へ寄せた。

「信子が寄宿舎へ持って帰るお土産です。一升程も持って帰っても、じきにぺろっと失くなるのやそうで……」

峻が話を聴きながら豆を咬んでいると、裏口で音がして信子が帰って来た。

「貸してくれはったか」

「はあ。裏へおいといた」

「雨が降るかも知れんで、ずっとなかへ引き込んでおいで」

「はあ。ひき込んである」

「吉峰さんのおばさんがあしたお帰りですかて……」信子は何かおかしそうに言葉を杜断らせた。

「あしたお帰りですかて？」母が聞きかえした。

吉峰さんの小母さんに「何時お帰りです。あしたお帰りですか」と訊かれて、信子が間誤ついて「ええ、あしたお帰りです」と云ったという話だった。母や彼が笑うと、信子は少し顔を赧くした。

借りて来たのは乳母車だった。

「明日一番で立つのを、行李乗せて停車場まで送って行てやります」母がそんなに云って訳を話した。

大変だな、と彼は思っていた。

「勝子も行くて？」信子が訊くと、

「行くのやと云うて、今夜は早うからおやすみや」と母が云った。

彼は、朝が早いのに荷物を出すなんて面倒だから、今夜のうちに切符を買って、先へ手荷物で送ってしまったらいいと思って、

「僕、今から持って行って来ましょうか」と云って見た。一つには、彼自身体裁屋なので、年頃の信子の気持を先廻りした積りであった。然し母と信子があまり「かまわ

ない、かまわない」と云うのであちらまかせにしてしまった。

母と娘と姪が、夏の朝の明方を三人で、一人は乳母車をおし、一人はいでたちをした一人に手を曳かれ、停車場へ向ってゆく、その出発を彼は心に浮べてみた。美しかった。

「お互の心の中でそうした出発の楽しさをあてにしているのじゃなかろうか」そして彼は心が清く洗われるのを感じた。

夜はその夜も眠りにくかった。

十二時頃夕立がした。その続きを彼は心待ちに寝ていた。

暫くするとそれが遠くからまた歩み寄せて来る音がした。

虫の声が雨の音に変った。ひとしきりするとそれはまた町の方へ過ぎて行った。

蚊帳をまくって起きて出、雨戸を一枚繰った。

城の本丸に電燈が輝いていた。雨に光沢を得た樹の葉がその灯の下で数知れない魚鱗のような光を放っていた。

また夕立が来た。彼は閾の上へ腰をかけ、雨で足を冷した。

眼の下の長屋の一軒の戸が開いて、ねまき姿の若い女が喞筒へ水を汲みに来た。

雨の脚が強くなって、とゆがごくりごくり喉（のど）を鳴らし出した。

気がつくと、白い猫が一匹、よその家の軒下をわたって行った。

信子の着物が物干竿（ものほしざお）にかかったまま雨の中にあった。筒袖（つつそで）の、平常着（ふだん）ていたゆかたで彼の一番眼に慣れた着物だった。その故（せい）か、見ていると不思議な位信子の身体つきが髣髴（ほうふつ）とした。

夕立はまた町の方へ行ってしまった。遠くでその音がしている。

「チン、チン」

「チン、チン」

鳴きだしたこおろぎの声にまじって、質の緻密（ちみつ）な玉を硬度の高い金属ではじくような虫も鳴き出した。

彼はまだ熱い額を感じながら、城を越えてもう一つ夕立が来るのを待っていた。


（一九二四年十一月）

泥濘（でいねい）

一

それは或る日の事だった。――

待っていた為替が家から届いたので、それを金に替えかたがた本郷へ出ることにした。

雪の降ったあとで郊外に住んでいる自分にはその雪解けが億劫なのであったが、金は待っていた金なので関わずに出かけることにした。

それより前、自分はかなり根をつめて書いたものを失敗に終らしていた。失敗はとにかくとして、その失敗の仕方の変に病的だったことがその後の生活にまでよくない影響を与えていた。そんな訳で自分は何かに気持の転換を求めていた。金がなくなっていたので出歩くにも出歩けなかった。そこへ家から送ってくれた為替にどうしたことか不備なところがあって、それを送り返し、自分は尚更不愉快になって、四日程待っていたのだった。その日に着いた為替はその二度目の為替であった。

書く方を放棄してから一週間余りにもなっていただろうか。その間に自分の生活はまるで気力の抜けた平衡を失したものに変っていた。先程も云ったように失敗が既にどこか病気染みたところを持っていた。書く気持がぐらついて来たのがその最初で、そうこうするうちに頭に浮ぶことがそれを書きつけようとする瞬間に変に憶い出せなくなって来たりした。読み返しては訂正していたのが、それも出来なくなってしまった。どう直せばいいのか、書きはじめの気持そのものが自分にはどうにも思い出せなくなっていたのである。こんなことにかかりあっていてはよくないなと、薄うす自分は思いはじめた。然し自分は執念深くやめなかった。また止まらなかった。

　やめた後の状態は果してわるかった。自分はぼんやりしてしまっていた。その不活潑な状態は平常経験するそれ以上にどこか変なところのある状態だった。花が枯れて水が腐ってしまっている花瓶が不愉快で堪らなくなっていても始末するのが億劫で手の出ないときがある。見る度に不愉快が増して行ってもその不愉快がどうしても始末しようという気持に転じて行かないときがある。それは億劫というよりもなにかに魅せられている気持である。自分は自分の不活潑のどこかにそんな匂いを嗅いだ。

　なにかをやりはじめてもその途中で極って自分はぼんやりしてしまった。気がついてやりかけの事に手は帰っても、一度ぼんやりしたところを覗いて来た自分の気持は、もうそれに対して妙に空ぞらしくなってしまっているのだった。なにをやりはじめてもそういう風に中途半端中途半端が続くようになって来た。またそれが重なってくるにつれてひとりでに生活の大勢が極ったように中途半端を並べた。そんな風で、自分は動き出すことの禁ぜられた沼のように淀んだところをどうしても出切ってしまうことが出来なかった。そこへ沼の底から湧いて来る沼気のような奴がいる。いやな妄想がそれだ。肉親に不吉がありそうな、友達に裏切られているような妄想が不意に頭を擡げる。

丁度その時分は火事の多い時節であった。習慣で自分はよく近くの野原を散歩する。新らしい家の普請が到るところにあった。自分はその辺りに転っている鉋屑を見、そして自分があまり注意もせずに煙草の吸殻を捨てるのに気がつき、危いぞと思った。そんなことが頭に残っていたからであろう、近くに二度程火事があった、その度に漠とした、捕縛されそうな不安に襲われた。

「この辺を散歩していたろう」と云われ、「お前の捨てた煙草からだ」と云われたら、なんとも抗弁する余地がないような気がした。また電報配達夫の走っているのを見ると不愉快になった。妄想は自分を弱くみじめにした。愚にもつかないことで本当に弱くみじめになってゆく。そう思うと堪らない気がした。

何をする気にもならない自分はよくぼんやり鏡や薔薇の描いてある陶器の水差しに

見入っていた。心の休み場所――とは感じないまでも何か心の休まっている瞬間をそこに見出すことがあった。以前自分はよく野原などでこんな気持を経験したことがある。それは極くほのかな気持ではあったが、風に吹かれている草などを見つめているうちに、何時か自分の裡にも丁度その草の葉のように揺れているもののあるのを感じる。それは定かなものではなかった。かすかな気配ではあったが、然し不思議にも秋風に吹かれてさわさわ揺れている草自身の感覚というようなものを感じるのであった。酔わされたような気持で、そのあとはいつも心が清すがしいものに変っていた。

鏡や水差しに対している自分は自然そんな経験を思い出した。あんな風に気持が転換出来るといいなど思って熱心になることもあった。然しそんなことを思う思わないに拘らず自分はよくそんなものに見入ってぼんやりしていた。冷い白い肌に一点、電燈の像を宿している可愛い水差しは、なにをする気にもならない自分にとって実際変な魅力を持っていた。二時三時が打っても自分は寐なかった。

夜晩く鏡を覗くのは時によっては非常に怖ろしいものである。自分の顔がまるで知らない人の顔のように見えて来たり、眼が疲れて来る故か、じーっと見ているうちに醜悪な伎楽の腫れ面という面そっくりに見えて来たりする。さーっと鏡の中の顔が消えて、あぶり出しのようにまた現われたりする。片方の眼だけが出て来て暫くの間それに睨まれていることもある。然し恐怖というようなものも或る程度自分で出したり引込めたり出来る性質のものである。子供が浪打際で寄せたり退いたりしている浪に追いつ追われつしながら遊ぶように、自分は鏡のなかの伎楽の面を恐れながらもそれと遊びたい興味に駆られた。

自分の動かない気持は、然しそのままであった。鏡を見たり水差しを見たりするときに感じる、変に不思議なところへ運ばれて来たような気持は、却って淀んだ気持と悪く絡まったようであった。そんなことがなくてさえ昼頃まで夢をたくさん見ながら寝ている自分には、見た夢と現実とが時どき分明しなくなる悪く疲れた午後の日中があった。自分は何時か自分の経験している世界を怪しいと感じる瞬間を持つようになって行った。町を歩いていても自分の姿を見た人が「あんな奴が来た」と云って逃げてゆくのじゃないかなど思ってびっくりするときがあった。顔を伏せている子守娘が今度此方を向くときにはお化けのような顔になっているのじゃないかなど思うときがあった。――然し待っていた為替はとうとう来た。自分は雪の積った道を久し振りで省線電車の方へ向った。

二

お茶の水から本郷へ出るまでの間に人が三人まで雪で辷った。銀行へ着いた時分には自分もかなり不機嫌になってしまっていた。赤く焼けている瓦斯煖炉の上へ濡れて重くなった下駄をやりながら自分は係りが名前を呼ぶのを待っていた。自分の前に店の小僧さんが一人差向いの位置にいた。下駄をひいてから暫くして自分は何とはなしにその小僧さんが自分を見ているなと思った。雪と一緒に持ち込まれた泥で汚れている床を見ている此方の目が妙にうろたえた。独り相撲だと思いながらも自分は仮想した小僧さんの視線に縛られたようになった。自分はそんなときよく顔の赧くなる自分の癖を思い出した。もう少し赧くなっているんじゃないか。思う尻から自分は顔が熱くなって来たのを感じた。

係りは自分の名前をなかなか呼ばなかった。少し愚図過ぎた。小切手を渡した係りの前へ二度ばかりも示威運動をしに行った。とうとうしまいに自分は係りに口を利いた。小切手は中途の係りがぼんやりしていたのだった。

出て正門前の方へゆく。多分行き倒れか転んで気絶をしたかした若い女の人を二人の巡査が左右から腕を抱えて連れてゆく。往来の人が立留って見ていた。自分はその足で散髪屋へ入った。散髪屋は釜を壊していた。自分が洗ってくれと云ったので石鹸で洗っておきながら濡れた手拭で拭くだけのことしかしない。これが新式なのでもあるまいと思ったが、口が妙に重くて云わないでいた。然し石鹸の残っている気持悪さを思うと堪らない気になった。訊ねて見ると釜を壊したのだという。そして濡れたタオルを繰り返した。金を払って帽子をうけとるとき触って見るとやはり石鹸が残っている。なんとか云ってやらないと馬鹿に思われるような気がしたが止めて外へ出る。折角気持よくなりかけていたものをと思うと妙に腹が立った。友人の下宿へ行って石鹸は洗いおとした。それから暫く雑談した。

自分は話をしているうちに友人の顔が変に遠どおしく感ぜられて来た。また自分の話が自分の思う甲所をちっとも云っていないように思えてきた。相手が何か何時もの友人ではないような気にもなる。相手は自分の少し変なことを感じているに違いないとも思う。不親切ではないがそのことを云うのが彼自身怖ろしいので云えずにいるのじゃないかなど思う。然し、自分はどこか変じゃないか？　などこちらから聞けない気がした。「そう云えば変だ」など云われる怖ろしさよりも、変じゃないかと自分から云ってしまえば自分で自分の変なところを承認したことになる。承認してしまえばなにもかもおしまいだ。そんな怖ろしさがあったのだった。そんなことを思いながら然し自分の口は喋っているのだった。

「引込んでいるのがいけないんだよ。もっと出て来るようにしたらいいんだ」玄関まで送って来た友人はそんなことを云った。自分はなにかそれに就いても云いたいような気がしたがうなずいたままで外へ出た。苦役を果した後のような気持であった。

　町にはまだ雪がちらついていた。古本屋を歩く。買いたいものがあっても金に不自由していた自分は妙に吝嗇になっていて買い切れなかった。「これを買う位なら先刻のを買う」次の本屋へ行っては先刻の本屋で買わなかったことを後悔した。そんなことを繰り返しているうちに自分はかなり参って来た。郵便局で葉書を買って、家へ金の礼と友達へ無沙汰の詫を書く。机の前ではどうしても書けなかったのが割合すらすら書けた。

　古本屋と思って入った本屋は新らしい本ばかりの店であった。店に誰もいなかったのが自分の足音で一人奥から出て来た。仕方なしに一番安い文芸雑誌を買う。なにか買って帰らないと今夜が堪らないと思う。その堪らなさが妙に誇大されて感じられる。誇大だとは思っても、そう思って抜けられる気持ではなかった。先刻の古本屋へまた逆に歩いて行った。やはり買えなかった。吝嗇臭いぞと思ってみてもどうしても買えなかった。雪がせわしく降り出したので出張りを片附けている最後の本屋へ、先刻値を聞いて止した古雑誌を今度はどうしても買おうと決心して自分は入って行った。とっつきの店のそれもとっつきに値を聞いた古雑誌、それが結局は最後の選択になったかと思うと馬鹿気た気になった。他所の小僧が雪を投げつけに来るのでその店の小僧はその方へ気をとられていた。覚えておいた筈の場所にそれが見つからないので、まさか店を間違えたのでもなかろうがと思って不安になってその小僧に聞いてみた。「お忘れ物ですか。そんなものはありませんでしたよ」云いながら小僧は他所のをやっつけに行こう行こうとしてうわの空になっている。然しそれはどうしても見つからなかった。さすがの自分も参っていた。足袋を一足買ってお茶の水へ急いだ。もう夜になっていた。

お茶の水では定期を買った。これから毎日学校へ出るとして一日往復幾何になるか電車のなかで暗算をする。何度やってもしくじった。その度たびに買うのと同じという答えが出たりする。有楽町で途中下車して銀座へ出、茶や砂糖、パン、牛酪などを買った。人通りが少い。此処でも三四人の店員が雪投げをしていた。堅そうで痛そうであった。自分は変に不愉快に思った。疲れ切ってもいた。一つには今日の失敗り方が余りひど過ぎたので、自分は反抗的にもなってしまっていた。八銭のパン一つ買って十銭で釣銭を取ったりなどしてしきりになにかに反抗の気を見せつけていた。聞いたものがなかったりすると妙に殺気立った。

ライオンへ入って食事をする。身体を温めて麦酒を飲んだ。混合酒を作っているのを見ている。種々な酒を一つの器へ入れて蓋をして振っている。はじめは振っているがしまいには器に振られているような恰好をする。洋盃へついで果物をあしらい盆にのせる。その正確な敏捷さは見ていて面白かった。

「お前達は並んでアラビア兵のようだ」

「そや、バグダッドの祭のようだ」

「腹が第一減っていたんだな」

ずらっと並んだ洋酒の壜を見ながら自分は少し麦酒の酔いを覚えていた。

三

ライオンを出てからは唐物屋で石鹸を買った。ちぐはぐな気持はまた何時の間にか自分に帰っていた。石鹸を買ってしまって自分は、なにか今のは変だと思いはじめた。瞭然りした買いたさを自分が感じていたのかどうか、自分にはどうも思い出せなかった。宙を踏んでいるようにたよりない気持であった。

「ゆめうつつで遣ってるからじゃ」

過失などをしたとき母からよくそう云われた。その言葉が思いがけず自分の今為たことのなかにあると思った。石鹼は自分にとって途方もなく高価い石鹼であった。自分は母のことを思った。

「奎吉……奎吉！」自分は自分の名を呼んで見た。悲しい顔附をした母の顔が自分の脳裡にはっきり映った。

——三年程前自分は或る夜酒に酔って家へ帰ったことがあった。自分はまるで前後のわきまえをなくしていた。友達が連れて帰ってくれたのだったが、その友達の話によると随分非道かったと云うことで、自分はその時の母の気持を思って見る度何時も黯然となった。友達はあとでその時母が自分を叱った言葉だと云って母の調子を真似てその言葉を自分にきかせた。それは母の声そっくりと云いたい程上手に模してあった。単なる言葉だけでも充分自分は参っているところであった。友人の再現して見せたその調子は自分を泣かすだけの力を持っていた。

模倣というものはおかしいものである。友人の模倣を今度は自分が模倣した。自分に最も近い人の口調は却って他所から教えられた。自分はその後に続く言葉を云わないでもただ奎吉と云っただけでその時の母の気持を生いきと蘇らすことが出来るようになった。どんな手段によるよりも「奎吉!」と一度声に出すことは最も直接であった。眼の前へ浮んで来る母の顔に自分は責められ励まされた。——

空は晴れて月が出ていた。尾張町から有楽町へゆく鋪道の上で自分は「奎吉!」を繰り返した。

自分はぞーっとした。「奎吉」という声に呼び出されて来る母の顔附が何時か異うものに代っていた。不吉を司る者——そう云ったものが自分に呼びかけているのであった。聞きたくない声を聞いた。……

有楽町から自分の駅まではかなりの時間がかかる。駅を下りてからも十分の余はかかった。夜の更けた切り通し坂を自分はまるで疲れ切って歩いていた。袴の捌ける音が変に耳についた。坂の中途に反射鏡のついた照明燈が道を照している。それを背にうけて自分の影がくっきり長く地を這っていた。マントの下に買物の包みを抱えて少し膨れた自分の影を両側の街燈が次には交互にそれを映し出した。後ろから起って来て前へ廻り、伸びて行って家の戸へ頭がひょっくり擡ったりする。慌しい影の変化を追っているうちに自分の眼はそのなかでもちっとも変化しない影を一つ見つけた。極く丈の詰った影で、街燈が間遠になると鮮かさを増し、片方が幅を利かし出すとひそまってしまう。「月の影だな」と自分は思った。見上げると十六日十七日と思える月が真上を少し外れたところにかかっていた。自分は何ということなしにその影だけが親しいものに思えた。

大きな通りを外れて街燈の疎らな路へ出る。月光は初めてその深秘さで雪の積った風景を照していた。美しかった。自分は自分の気持がかなりまとまっていたのを知り、それ以上まとまってゆくのを感じた。自分の影は左側から右側に移しただけでやはり自分の前にあった。そして今は乱されず、鮮かであった。先刻自分に起ったどことなく親しい気持を「どうしてなんだろう」と怪しみ慕しみながら自分は歩いていた。型のくずれた中折を冠り少しひよわな感じのする頸から少し厳った肩のあたり、自分は見ているうちに段々此方の自分を失って行った。

影の中に生き物らしい気配があらわれて来た。何を思っているのか確かに何かを思っている――影だと思っていたものは、それは、生なましい自分であった！

自分が歩いてゆく！ そしてこちらの自分は月のような位置からその自分を眺めている。地面はなにか玻璃を張ったような透明で、自分は軽い眩暈を感じる。

「あれは何処へ歩いてゆくのだろう」と漠とした不安が自分に起りはじめた。……

路に沿うた竹藪（たけやぶ）の前の小溝（こみぞ）へは銭湯で落す湯が流れて来ている。湯気が屏風（びょうぶ）のように立騰（たちのぼ）っていて匂（にお）いが鼻を撲（う）った——自分はしみじみした自分に帰っていた。風呂（ふろ）屋の隣りの天ぷら屋はまだ起きていた。自分は自分の下宿の方へ暗い路を入って行った。

（一九二五年六月）

路上

自分がその道を見つけたのは卯の花の咲く時分であった。

Eの停留所からでも帰ることが出来る。然もM停留所からの距離とさして違わないという発見は大層自分を喜ばせた。変化を喜ぶ心と、も一つは友人の許へ行くのにMからだと大変大廻りになる電車が、Eからだと比較にならない程近かったからだった。或る日の帰途気まぐれに自分はEで電車を降り、あらましの見当と思う方角へ歩いて見た。暫く歩いているうちに、なんだか知っているような道へ出て来たわいと思った。気がついてみると、それは何時も自分がMの停留所へ歩いてゆく道へつながって行くところなのであった。小心翼々と云ったようなその瞬間までの自分の歩き振りが非道く滑稽に思えた。そして自分は三度に二度と云う風にその道を通るようになった。

Mも終点であったがこのEも終点であった。Eから乗るとTで乗換えをする。そのTへゆくまでがMからだとEからの二倍も三倍もの時間がかかるのであった。電車はEとTとの間を単線で往復している。閑な線で、発車するまでの間を、車掌がその辺の子供と巫山戯ていたり、ポールの向きを変えるのに子供達が引張らせて貰ったりなどしている。事故などは少いでしょうと訊くと、いやこれで案外多いのです。往来を走っているのは割合い少いものですが、など車掌は云っていた。汽車のように枕木の上にレールが並べてあって、踏切などをつけた、電車だけの道なのであった。

窓からは線路に沿った家々の内部が見えた。破屋というのではないが、とりわけて見ようというような立派な家では勿論なかった。然し人の家の内部というものにはなにか心惹かれる風情といったようなものが感じられる。窓から外を眺め勝ちな自分は、或る日その沿道に二本のうつぎを見つけた。

自分は中学の時使った粗末な検索表と首っ引で、その時分家の近くの原っぱや雑木林へ卯の花を捜しに行っていた。白い花の傍へ行っては検索表と照し合せて見る。箱根うつぎ、梅花うつぎ――似たようなものはあってもなかなか本物には打つからなかった。それが或る日とうとう見つかった。一度見つかったとなるとあとからあとからと眼についた。そして花としての印象は寧ろ平凡であった。――然しその沿道で見た二本のうつぎには、やはり、風情と云ったものが感ぜられた。

或る日曜、訪ねて来た友人と市中へ出るのでいつもの阪を登った。

「此処を登りつめた空地ね、あすこから富士がよく見えたんだよ」と自分は云った。

富士がよく見えたのも立春まででであった。午前は雪に被われ陽に輝いた姿が丹沢山の上に見えていた。夕方になって陽が彼方(かなた)へ傾くと、富士も丹沢山も一様の影絵を、茜(あかね)の空に写すのであった。

――吾々(われわれ)は「扇を倒(さかさま)にした形」だとか「擂鉢(すりばち)を伏せたような形」だとかあまり富士の形ばかりを見過ぎている。あの広い裾野(すその)を持ち、あの高さを持った富士の容積、高まりが想像出来、その実感が持てるようになったら、どうだろう――そんなことを念じながら日に何度も富士を見たがった、冬の頃の自分の、自然に対して持った情熱の激しさを、今は振返るような気持であった。

(春先からの徴候が非道くなり、自分はこの頃病的に不活潑(かっぱつ)な気持を持てあましていたのだった)

「あの辺が競馬場だ。家はこの方角だ」

自分は友人と肩を並べて、起伏した丘や、その間に頭を出している赤い屋根や、眼に立ってもくもくして来た緑の群落のパノラマに向き合っていた。

「此処から彼方(あっち)へ廻ってこの方向だ」と自分はEの停留所の方を指して云った。

「じゃあの崖(がけ)を登って行って見ないか」

「行けそうだな」

自分達は其処からまた一段上の丘へ向った。草の間に細く赤土が踏みならされてあって、道路では勿論なかった。そこを登って行った。木立には遮られてはいるが先程の処よりはもう少し高い眺望があった。先程の処の地続きは平にならされてテニスコートになっている。軟球を打ち合っている人があった。――路らしい路ではなかったがやはり近道だった。

「遠そうだね」

「彼処に木がこんもり茂っているだろう。あの裏に隠れているんだ」

停留所は殆ど近くへ出る間際まで隠されていて見えなかった。またその辺りの地勢や人家の工合では、その近くに電車の終点があろうなどとはちょっと思えなくもあった。どこか本当の田舎じみた道の感じであった。

――自分は変なところを歩いているようだ。何処か他国を歩いている感じだ。――街を歩いていて不図そんな気持に捕えられることがある。これから何時もの市中へ出てゆく自分だとは、ちょっと思えないような気持を、自分はかなりその道に馴れたあとまでも、またしても味わうのであった。

閑散な停留所。家々の内部の隙見える沿道。電車のなかで自分は友人に、

「旅情を感じないか」と云って見た。殻斗科(かくとか)の花や青葉の匂(にお)いに満された密度の濃い空気が、しばらく自分達を包んだ。――その日から自分はまた、その日の獲物だった崖からの近道を通うようになった。

それは或る雨あがりの日のことであった。午後で、自分は学校の帰途であった。何時もの道から崖の近道へ這入(はい)った自分は、雨あがりで下の赤土が軟くなっていることに気がついた。人の足跡もついていないようなその路は歩く度少しずつ滑った。高い方の見晴らしへ出た。それからが傾斜である。自分は少し危いぞと思った。傾斜についている路はもう一層軟かであった。然し自分は引返そうとも、立留って考えようともしなかった。危ぶみながら下りてゆく。一と足下りかけた瞬間から、既に、自分はきっと滑って転ぶにちがいないと思った。――途端自分は足を滑らした。片手を泥についてしまった。然しまだ本気にはなっていなかった。起きあがろうとすると、力を入れた足がまたずるずる滑って行った。今度は片肱(かたひじ)をつき、尻餅(しりもち)をつき、背中まで地面につけて、やっとその姿勢で身体(からだ)は止った。止った所はもう一つの傾斜へ続く、ちょっと階段の踊り場のようになった所であった。自分は鞄(かばん)を持った片手を、鞄のまま泥について恐る恐る立ち上った。――何時の間にか本気になっていた。

誰かが何処かで見ていやしなかったかと、自分は眼の下の人家の方を見た。それらの人家から見れば、自分は高みの舞台で一人滑稽な芸当を一生懸命やっているように見えるにちがいなかった。——誰も見ていなかった。変な気持であった。

自分の立ち上ったところは稍々安全であった。然し自分はまだ引返そうともしなかったし、立留って考えて見ようともしなかった。泥に塗れたまままた危い一歩を踏出そうとした。とっさの思いつきで、今度はスキーのようにして滑り下りて見ようと思った。身体の重心さえ失わなかったら滑り切れるだろうと思った。鋲の打ってない靴の底はずるずる赤土の上を滑りはじめた。二間余りの間である。然しその二間余りが尽きてしまった所は高い石崖の鼻であった。その下がテニスコートの平地になっている。崖は二間、それ位であった。若し止まる余裕がなかったら惰力で自分は石垣から飛び下りなければならなかった。然し飛び下りるあたりに石があるか、材木があるか、それはその石垣の出っ鼻まで行かねば知ることが出来なかった。非常な速さでその危険が頭に映じた。

石垣の鼻のザラザラした肌で靴は自然に止った。それはなにかが止めてくれたという感じであった。全く自力を施す術はどこにもなかった。いくら危険を感じていても、滑るに任せ止まるに任せる外はなかったのだった。

飛び下りる心構えをしていた脛はその緊張を弛めた。石垣の下にはコートのローラーが転がされてあった。自分はきょとんとした。

何処かで見ていた人はなかったかと、また自分は見廻して見た。垂れ下った曇空の下に大きな邸の屋根が並んでいた。然し廓寥＊として人影はなかった。あっけない気がした。嘲笑っていてもいい、誰かが自分の今為たことを見ていてくれたらと思った。一瞬間前の鋭い心構えが悲しいものに思い返せるのであった。

どうして引返そうとはしなかったのか。魅せられたように滑って来た自分が恐ろしかった。——破滅というものの一つの姿を見たような気がした。成る程こんなにして滑って来るのだと思った。

下に降り立って、草の葉で手や洋服の泥を落しながら、自分は自分がひとりでに亢奮しているのを感じた。

滑ったという今の出来事がなにか夢の中の出来事だったような気がした。変に覚えていなかった。傾斜へ出かかるまでの自分、不意に自分を引摺り込んだ危険、そして今の自分。それはなにか均衡のとれない不自然な連鎖であった。そんなことは起りはしなかったと否定するものがあれば自分も信じてしまいそうな気がした。

自分、自分の意識というもの、そして世界というものが、焦点を外れて泳ぎ出して行くような気持に自分は捕えられた。笑っていてもかまわない。誰か見てはいなかったかしらと二度目にあたりを見廻したときの廓寥とした淋しさを自分は思い出した。

帰途、書かないではいられないと、自分は何故か深く思った。それが、滑ったことを書かねばいられないという気持か、小説を書くことによってこの自己を語らないではいられないという気持か、自分には判然しなかった。恐らくはその両方を思っていたのだった。

帰って鞄を開けて見たら、何処から入ったのか、入りそうにも思えない泥の固りが一つ入っていて、本を汚していた。

（一九二五年九月）

橡(とち)の花

——或(あ)る私信——

一

この頃の陰鬱な天候に弱らされていて手紙を書く気にもなれませんでした。以前京都にいた頃は毎年のようにこの季節に肋膜を悪くしたのですが、此方へ来てからはそんなことはなくなりました。一つは酒類を飲まなくなったせいかも知れません。然しやはり精神が不健康になります。感心なことを云うと云ってあなたは笑うかも知れませんが、学校へ行くのが実に億劫でした。電車に乗ります。電車は四十分かかるのです。気持が消極的になっているせいか、前に坐っている人が私の顔を見ているような気が常にします。それが私の独り相撲だとは判っているのです。と云うのは、はじめは気がつきませんでしたが、まあ云えば私自身そんな視線を捜しているという工合なのです。何気ない眼附きをしようなど思うのが抑々の苦しむもとです。

また電車のなかの人に敵意とはゆかないまでも、棘々しい心を持ちます。これもどうかすると変に人びとのアラを捜しているようになるのです。学生の間に流行っているらしい太いズボン、変にべたっとした赤靴。その他。その他。私の弱った身体にかなわないのはその悪趣味です。なにげなくやっているのだったら腹も立ちません。必要に迫られてのことだったら好意すら持てます。然しそうだとは決して思えないのです。浅はかな気がします。

女の髪も段々堪らないのが多くなりました。――あなたにお貸しした化物の本のなかに、こんな絵があったのを御存じですか。それは女のお化けです。顔はあたり前ですが、後頭部に――その部分がお化けなのです。貪婪な口を持っています。そして解した髪の毛の先が触手の恰好に化けて、置いてある鉢から菓子をつかみ、その口へ持ってゆこうとしているのです。が、女はそれを知っているのか知らないのか、あたりまえの顔で前を向いています。――私はそれを見たときいやな気がしました。ところがこの頃の髪にはそれを思い出させるのがあります。わけがその口の形をしているのです。その絵に対する私の嫌悪はこのわけを見てから急に強くなりました。

こんなことを一々気にしていては窮屈で仕方がありません。然しそう思ってみても逃げられないことがあります。それは不快の一つの「型」です。反省が入れば入る程尚更その窮屈がオークワード*になります。ある日こんなことがありました。やはり私の前に坐っていた婦人の服装が、私の嫌悪を誘い出しました。私は憎みました。致命的にやっつけてやりたい気がしました。そして効果的に恥を与え得る言葉を捜しました。ややあって私はそれに成功することが出来ました。然しそれは効果的に過ぎた言葉でした。やっつけるばかりでなく、恐らくそのシャアシャアした婦人を暗く不幸にせずにはおかないように思えました。私はそんな言葉を捜し出したとき、直ぐそれを相手に投げつける場面を想像するのですが、この場合私にはそれが出来ませんでした。その婦人、その言葉。この二つの対立を考えただけでも既に惨酷でした。私のいら立った気持は段々冷えてゆきました。女の人の造作をとやかく思うのは男らしくないことだと思いました。もっと温かい心で見なければいけないと思いました。然し調和的な気持は永く続きませんでした。一人相撲が過ぎたのです。

私の眼がもう一度その婦人を掠めたとき、ふと私はその醜さのなかに恐らく私以上の健康を感じたのです。わる達者という言葉があります。そう云った意味でわるく健康な感じです。性におえない鉄道草という雑草があります。あの健康にも似ていましょうか。――私の一人相撲はそれとの対照で段々神経的な弱さを露わして来ました。

俗悪に対してひどい反感を抱くのは私の久しい間の癖でした。そしてそれは何時も私自身の精神が弛んでいるときの徴候でした。然し私自身みじめな気持になったのはその時が最初でした。梅雨が私を弱くしているのを知りました。

電車に乗っていてもう一つ困るのは車の響きが音楽に聴えることです。（これはあなたも何時だったか同様経験をしていられることを話されました）私はその響きを利用していい音楽を聴いてやろうと企てたことがありました。そんなことから不知不識に自分を不快にする敵を作っていた訳です。「あれをやろう」と思うと私は直ぐその曲目を車の響き、街の響きの中に発見するようになりました。然し悪く疲れているときなどは、それが正確な音程で聞えない。――それはいいのです。困るのはそれがもう此方の勝手では止まらなくなっていることです。そればかりではありません。それは何時の間にか私の堪らなくなる種類のものをやります。先程の婦人がそれにつれて踊るであろうような音楽です。時には嘲笑的にそしてわざと下品に。そしてそれが彼等の凱歌のように聞える――と云えば話になってしまいますが、とにかく非常に不快なのです。

電車の中で憂鬱になっているときの私の顔はきっと醜いにちがいありません。見る人が見ればきっとそれをよしとはしないだろうと私は思いました。私は自分の憂鬱の上に漠とした「悪」を感じたのです。私はその「悪」を避けたく思いました。然し電車には乗らないなどと云ってはいられません。毒も皿もそれが予め命ぜられているものならひるむことはいらないことです。一人相撲もこれでおしまいです。あの海に実感を持たねばならぬと思います。

ある日私は年少の友と電車に乗っていました。この四月から私達に一年後れて東京に来た友でした。友は東京を不快がりました。そして京都のよかったことを云い云いしました。私にも少くともその気持に似た経験はありました。またやって来た匆々直ぐ東京が好きになるような人は不愉快です。然し私は友の言葉に同意を表しかねました。東京にもまた別種のよさがあることを云いました。そんなことをいう者さえ不愉快だ。友の調子にはこう云ったところさえ感ぜられます。そして二人は押し黙ってしまいました。それは変につらい沈黙でした。友はまた京都にいた時代、電車の窓と窓がすれちがうとき「あちらの第何番目の窓にいる娘が今度自分の生活に交渉を持って来るのだ」とその番号を心のなかで極め、託宣を聴くような気持ですれちがうのを待っていた――そんなことをした時もあったとその日云っておりました。そしてその話は私にとって無感覚なのでした。そんなことにも私自身がこだわりを持っていました。

二

或る日Oが訪ねてくれました。Oは健康そうな顔をしていました。そして種々元気な話をしてゆきました。――

Oは私の机の上においてあった紙に眼をつけました。何枚もの紙の上に Waste* という字が並べて書いてあるのです。

「これはなんだ。恋人でも出来たのか」と、Oはからかいました。恋人というようなあのOの口から出そうにもない言葉で、私は五六年も前の自分を不図思い出しました。それはある娘を対象とした、私の子供らしい然も激しい情熱でした。それの非常な不結果であったことはあなたも少しは知っていられるでしょう。

――父の苦り切った声がその不面目な事件の結果を宣告しました。私は急にあたりが息苦しくなりました。自分でもわからない声を立てて寝床からとび出しました。後からは兄がついて来ておりました。私は母の鏡台の前まで走りました。そして自分の青ざめた顔をうつしました。それは醜くひきつっていました。何故そこまで走ったのか――それは自分にも判然しません。その苦しさを眼で見ておこうとしたのかも知れません。鏡を見て或る場合心の激動の静まるときもあります。――両親、兄、O及びもう一人の友人がその時に手を焼いた連中です。そして家では今でもその娘の名を私の前では云わないのです。その名前を私は極くごく略した字で紙片の端などへ書いて見たことがありました。そしてそれを消した上こなごなに破らずにはいられなかったことがありました。――然しOが私にからかった紙の上には Waste という字が確実に一面に並んでいます。

「どうして、大ちがいだ」と私は云いました。そしてその訳を話しました。

その前晩私はやはり憂鬱に苦しめられていました。びしょびしょと雨が降っていました。そしてその音が例の音楽をやるのです。本を読む気もしませんでしたので私はいたずら書きをしていました。そのWasteという字は書き易い字であるのか――筆のいたずらに直ぐ書く字がありますね――その字の一つなのです。私はそれを無暗にたくさん書いていました。そのうちに私の耳はそのなかから機を織るような一定のリズムを聴きはじめたのです。手の調子がきまって来たためです。当然きこえる筈だったのです。なにかきこえると聴耳をたてはじめてから、それが一つの可愛いリズムだと思い当てたまでの私の気持は、緊張と云い喜びというにはあまりささやかなものでした。然し一時間前の倦怠ではもうありませんでした。私はその衣ずれのようなまた小人国の汽車のような可愛いリズムに聴き入りました。それにも倦くと今度はその音をなにかの言葉で真似て見たい欲望を起したのです。ほととぎすの声をてっぺんかけたかと聞くように。――然し私はとうとう発見出来ませんでした。サ行の音が多いにちがいないと思ったりする、その成心に妨げられたのです。然し私は小さいきれぎれの言葉を聴きました。そしてそれの暗示する言語が東京のそれでもなく、どこのそれでもなく、故郷の然も私の家族固有なアクセントであることを知りました。――おそらく私は一生懸命になっていたのでしょう。そうした心の純粋さがとうとう私をしてお里を出さしめたのだろうと思います。心から遠退いていた故郷と、然も思いもかけなかったそんな深夜、ひたひたと膝をつきあわせた感じでした。私はなにの本当なのかはわかりませんでしたが、なにか本当のものをその中に感じました。私はいささか亢奮をしていたのです。

然しそれが芸術に於てのほんとう、殊に詩に於てのほんとうを暗示していはしないかなどOには話しました。Oはそんなことをもおだやかな微笑で聴いてくれました。

鉛筆の秀をとがらして私はOにもその音をきかせました。Oは眼を細くして「きこえる、きこえる」と云いました。そして自身でも試みて字を変え紙質を変えたりしたら面白そうだと云いました。また手加減が窮屈になったりすると音が変る。それを「声がわり」だと云って笑ったりしました。家族の中でも誰の声らしいと云いますから末の弟の声だろうと云ったのに関聯してです。私は弟の変声期を想像するのがなにかむごい気がするときがあります。次の話もこの日のOとの話です。そして手紙に書いておきたいことです。

Oはその前の日曜に鶴見の花月園というところへ親類の子供を連れて行ったと云い

ました。そして面白そうにその模様を話して聞かせました。花月園というのは京都にあったパラダイスというようなところらしいです。いろいろ面白かったがその中でも愉快だったのは備えつけてある大きなすべり台だと云いました。そしてそれをすべる面白さを力説しました。ほんとうに面白かったらしいのです。今もその愉快が身体のどこかに残っていると云った話振りなのです。とうとう私も「行って見たいなあ」と云わされました。変な云い方ですがこのなあのあはOの「すべり台面白いぞお」のおと釣合っています。そしてそんな釣合いはOという人間の魅力からやって来ます。Oは嘘の云えない素直な男で彼の云うことはこちらも素直に信じられます。そのことはあまり素直ではない私にとって少くとも嬉しいことです。

そして話はその娯楽場の驢馬の話になりました。それは子供を乗せて柵をまわる驢馬で、よく馴れていて、子供が乗るとひとりで一周して帰って来るのだといいます。私はその動物を可愛いものに思いました。

ところがそのなかの一匹が途中で立留ったと云います。Oは見ていたのだそうです。するとその立留った奴はそのまま小便をはじめたのだそうです。乗っていた子供――女の児だったそうですが――はもじもじし出し顔が段々赤くなって来てしまいには泣きそうになったと云います。――私達は大いに笑いました。私の眼の前にはその光景がありありと浮びました。人のいい驢馬の稚気に富んだ尾籠、そしてその尾籠の犠牲になった子供の可愛い困惑。それはほんとうに可愛い困惑です。然し笑い笑いしていた私はへんに笑えなくなって来たのです。笑うべく均衡されたその情景のなかから、女の児の気持だけがにわかに押し寄せて来たのです。「こんな御行儀の悪いことをして。わたしははずかしい」

私は笑えなくなってしまいました。前晩の寐不足のため変に心が誘われ易く、物に即し易くなっていたのです。私はそれを感じました。そして少しの間不快が去りませんでした。気軽にOにそのことを云えばよかったのです。口にさえ出せば再びそれを「可愛い滑稽なこと」として笑い直せたのです。然し私は変にそれが云えなかったのです。そして健康な感情の均整をいつも失わないOを羨しく思いました。

三

私の部屋はいい部屋です。難を云えば造りが薄手に出来ていて湿気などに敏感なことです。一つの窓は樹木とそして崖とに近く、一つの窓は奥狸穴などの低地をへだてて飯倉の電車道に臨む展望です。その展望のなかには旧徳川邸の椎の老樹があります。

その何年を経たとも知れない樹は見わたしたところ一番大きな見事なながめです。一体椎という樹は梅雨期に葉が赤くなるものなのでしょうか。最初はなにか夕焼の反射をでも受けているのじゃないかなど疑いました。そんな赤さなのです。然し雨の日になってもそれは同じ。いつも同じでした。やはり樹自身の現象なのです。私は古人の「五月雨の降り残してや光堂」*の句を、日を距ててではありましたが、思い出しました。そして椎茜という言葉を造って下の五におきかえ嬉しい気がしました。中の七が降り残したるではなく、降り残してやだったことも新しい眼で見得た気がしました。

崖に面した窓の近くには手にとどく程の距離にかなひでという木があります。朴の一種だそうです。この花も五月闇のなかにふさわなくはないものだと思いました。然しなんと云っても堪らないのは梅雨期です。雨が続くと私の部屋には湿気が充満します。窓ぎわなどが濡れてしまっているのを見たりすると全く憂鬱になりました。変に腹が立って来るのです。空はただ重苦しく垂れ下っています。

「チョッ。ぼろ船の底」

或る日も私はそんな言葉で自分の部屋をののしって見ました。そしてそのののしり方が自分がでに面白くて気は変りました。母が私にがみがみおこって来るときがあります。そしてしまいに突拍子もないののしり方をして笑ってしまうことがあります。

ちょっとそう云った気持でした。私の空想はその言葉でぼろ船の底に畳を敷いて大きな川を旅している自分を空想させました。実際こんなときにこそ鬱陶しい梅雨の響きも面白さを添えるのだと思いました。

四

それもやはり雨の降った或る日の午後でした。私は赤坂のAの家へ出かけました。京都時代の私達の会合——その席へはあなたも一度来られたことがありますね——憶えていらっしゃればその時いたAです。

この四月には私達の後、やはりあの会合を維持していた人びとが、三人も巣立って来ました。そしてもともと話のあったこととて、既に東京へ来ていた五人と共に、再び東京に於ての会合が始まりました。そして来年の一月から同人雑誌を出すこと、その費用と原稿を月々貯めてゆくことに相談が定ったのです。私がAの家へ行ったのはその積立金を持ってゆくためでした。

最近Aは家との間に或る悶着を起していました。それは結婚問題なのです。Aが自分の欲している道をゆけば父母を捨てたことになります。少くも父母にとってはそうです。Aの問題は自ら友人である私の態度を要求しました。私は当初彼を冷そうとさえ思いました。少くとも私が彼の心を熱しさせてゆく存在であることを避けようと努めました。問題がそういう風に大きくなればなる程そうしなければならぬと思ったのです。——然しそれがどちらの旗色であれ、他人のたてたどんな旗色にも動かされる人間でないことを彼は段々証して来ております。普段にぼんやりとしかわからなかった人間の性格と云うものがこう云うときに際してこそその輪郭をはっきりあらわすものだということを私は今に於て知ります。彼もまたこの試練によってそれを深めてゆくのでしょう。私はそれを美しいと思います。

Aの家へ私が着いたときは偶然新らしく東京へ来た連中が来ていました。そしてAの問題でAと家との間へ入った調停者の手紙に就て論じ合っていました。Aはその人達をおいて買物に出ていました。その日も私は気持がまるでふさいでいました。その話をききながらひとりぼっちの気持で黙り込んでいました。するとそのうちに何かのきっかけで「Aの気持もよくわかっていると云うのならなぜ此方を骨折ろうとしないんだ」という言葉を聞きました。調子のきびしい言葉でした。それが調停者に就て云われている言葉であることは申すまでもありません。

私の心はなんだかびりりとしました。知るということと行うということとに何ら距りをつけないと云った生活態度の強さが私を圧迫したのです。単にそればかりではありません。私は心のなかで暗にその調停者の態度を是認していました。更に云えば「その人の気持もわかる」と思っていたからです。私は両方共わかっているというのは両方とも知らないのだと反省しないではいられませんでした。便りにしていたものが崩れてゆく何とも云えないいやな気持です。Aの両親さえ私にはそっぽを向けるだろうと思いました。一方の極へおとされてゆく私の気持は、然し、本能的な逆の力と争いはじめました。そしてAの家を出る頃ようやく調和したくつろぎに帰ることが出来ました。Aが使から帰って来てからは皆の話も変って専ら来年の計画の上に落ちました。Rのつけた雑誌の名前を繰り返し繰り返し喜び、それと定まるまでの苦心を滑稽化して笑いました。私の興味深く感じるのはその名前によって表現を得た私達の精神が、今度はその名前から再び鼓舞され整理されてくるということです。

私達はAの国から送って来たもので夕飯を御馳走になりました。部屋へ帰ると窓近い樫の木の花が重い匂いを部屋中にみなぎらせていました。Aは私の知識の中で名と物とが別であった菩提樹をその窓から教えてくれました。私はまた皆に飯倉の通りにある木は七葉樹だったと告げました。数日前RやAや二三人でその美しい花を見、マロニエという花じゃないかなど云い合っていたのです。私はその名をその中の一本に釣られていた「街路樹は大切にいたしましょう」の札で読んで来たのです。

積立金の話をしている間に私はその中の一人がそれの為の金を、全く自分で働いているのだという事を知りました。親からの金の中では出したくないと云うのです。——私は今更ながらいい伴侶と共に発足する自分であることを知りました。気持もかなり調和的になっていたのでこの友の行為から私自身を責め過ぎることはありませんでした。

しばらくして私達はAの家を出ました。外は快い雨あがりでした。まだ宵の口の町を私は友の一人と霊南坂を通って帰って来ました。私の処へ寄って本を借りて帰るというのです。ついでに七葉樹の花を見ると云います。この友一人がそれを見はぐしていたからです。

道々私は唱いにくい音譜を大声で歌ってその友人にきかせました。それが歌えるのは私の気持のいい時に限るのです。我善坊の方へ来たとき私達は一つの面白い事件に打かりました。それは蛍を捕まえた一人の男です。だしぬけに「これ蛍ですか」と云って組合せた両の掌の隙を私達の鼻先に突出しました。蛍がそのなかに美しい光を灯していました。「あそこで捕ったんだ」と聞きもしないのに説明しています。私と友は顔を見合せて変な笑顔になりました。やや遠離ってから私達はお互に笑い合ったことです。「きっと捕まえてあがってしまったんだよ」と私は云いました。なにか云わずにはいられなかったのだと思いました。

飯倉の通りは雨後の美しさで輝いていました。友と共に見上げた七葉樹には飾燈（ネオン）のような美しい花が咲いていました。私はまた五六年前の自分を振返る気持でした。私の眼が自然の美しさに対して開き初めたのも丁度その頃からだと思いました。電燈の光が透いて見えるその葉うらの色は、私が夜になれば誘惑を感じた娘の家の近くの小公園にもあったのです。私はその娘の家のぐるりを歩いてはその下のベンチで休むのがきまりになっていました。

(私の美に対する情熱が娘に対する情熱と胎（たい）を共にした双生児だったことが確かに信じられる今、私は窃盗に近いこと詐欺（さぎ）に等しいことをまだ年少だった自分がその末犯したことを、あなたにうちあけて、あとで困るようなことはないと思います。それ等は実に今日まで私の思い出を曇らせる雲翳（うんえい）だったのです)

街を走る電車はその晩電車固有の美しさで私の眼に映りました。雨後の空気のなかに窓を明け放ち、乗客も程よい電車の内部は、暗い路（みち）を通って来た私達の前を、あたかも幸福そのものが運ばれて其処（そこ）にあるのだと思わせるような光で照されていました。乗っている女の人もただ往来からの一瞥（いちべつ）で直ちに美しい人達のように思えました。何台もの電車を私達は見送りました。そのなかには美しい西洋人の姿も見えました。友もその晩は快かったにちがいありません。

「電車のなかでは顔が見難いが往来からだとかすれちがうときだとかは、かなり長い間見ていられるものだね」と云いました。なにげなく友の云った言葉に、私は前の日に無感覚だったことを美しい実感で思い直しました。

五

これはあなたにこの手紙を書こうと思い立った日の出来事です。私は久し振りに手拭をさげて銭湯へ行きました。やはり雨後でした。垣根のきこくがぷんぷん快い匂いを放っていました。

銭湯のなかで私は時たま一緒になる老人とその孫らしい女の児とを見かけました。花月園へ連れて行ってやりたいような可愛い児です。その日私は湯槽の上にかかっているペンキの風景画を見ながら「温泉のつもりなんだな」という小さい発見をして微笑まされました。湯は温泉でそのうえ電気浴という仕掛がしてあります。ひっそりした昼の湯槽には若い衆が二人入っていました。私がその中に混ってやや温まった頃その装置がビビビビビと働きはじめました。

「おい動力来たね」と一人の若い衆が云いました。

「動力じゃねえよ」ともう一人が答えました。

湯を出た私はその女の児の近くへ座を持ってゆきました。そして身体を洗いながらときどきその女の児の顔を見ました。可愛い顔をしていました。老人は自分を洗い終ると次にはその児にかかりました。幼い手つきで使っていた石鹸のついた手拭は老人にとりあげられました。老人の顔があちら向きになりましたので私は、自分の方へその子の目を誘うのを予期して、じっと女の児の顔を見ました。やがてその子の顔がこちらを向いたので私は微笑みかけました。然し女の児は笑って来ません。然し首を洗われる段になって、眼を向け難くなっても上眼を使って私を見ようとします。しまいには「ウウウ」と云いながらも私の作り笑顔に苦しい上眼を張ろうとします。そのウウはなかなか可愛く見えました。

「サア」突然老人の何も知らない手がその子の首を俯向かせてしまいました。

しばらくして女の子の首は楽になりました。私はそれを待っていたのです。そして今度は滑稽な作り顔をして見せました。そして段々それをひどく歪めてゆきました。

「おじいちゃん」女の子がとうとう物を云いました。私の顔を見ながらです。「これどこの人」「それゃあよそのおっちゃん」振向きもせず相変らずせっせと老人はその児を洗っていました。

珍らしく永い湯の後、私は全く伸々した気持で湯をあがりました。私は風呂のなかである一つの問題を考えてしまって気が軽く晴々していました。その問題というのはこうです。ある友人の腕の皮膚が不健康な皺を持っているのを、ある腕の太さ比べをしたとき私が指摘したことがありました。すると友人は「死んでやろうと思うときがときどきあるんだ」と激しく云いました。自分のどこかに醜いところが少しでもあれば我慢出来ないというのです。それは単なる皺でした。然し私の気がついたのはそれが一時的の皺ではないことでした。とにかく些細なことでした。然し私はそのときも自分のなにかがつかれたような気がしたのです。私は自分にもいつかそんなことを思ったときがあると思いました。確かにあったと思うのですが思い出せないのです。そしてその時は淋しい気がしました。風呂のなかでふと思い出したのはそれです。思い出して見れば確かに私にもありました。それは何歳位だったか覚えませんが、自分の顔の醜いことを知った頃です。もう一つは家に南京虫が湧いた時です。家全体が焼いてしまいたくなるのです。も一つは新らしい筆記帳の使いはじめ字を書き損ねたときのことです。筆記帳を捨ててしまいたくなるのです。そんなことを思い出した末、私はその年少の友の反省の為に、大切に使われよく繕われた古い器具の奥床しさを折があれば云って見たいと思いました。ひびへ漆を入れた茶器を現に二人が讃(ほ)めたことがあったのです。

紅潮した身体には細い血管までがうっすら膨れあがっていました。両腕を屈伸させてぐりぐりを二の腕や肩につけて見ました。鏡のなかの私は私自身よりも健康でした。私は顔を先程したようにおどけた表情で歪ませて見ました。

Hysterica Passio ——そう云って私はとうとう笑い出しました。

一年中で私の最もいやな時期ももう過ぎようとしています。思い出してみれば、どうにも心の動きがつかなかったような日が多かったなかにも、南葵(なんき)文庫の庭で忍冬(すいかずら)の高い香を知ったようなときもあります。霊南坂で鉄道草の香りから夏を越した秋がもう間近に来ているのだと思ったような晩もあります。妄想で自らを卑屈にすることなく、戦うべき相手とこそ戦いたい、そしてその後の調和にこそ安んじたいと願う私の気持をお伝えしたくこの筆をとりました。

（一九二五年十月）

過古

母親がランプを消して出て来るのを、子供達は父親や祖母と共に、戸外で待っていた。

誰一人の見送りとてない出発であった。最後の夕餉をしたためた食器。最後の時間まで照していたランプ。それらは、それらを貰った八百屋が取りに来る明日の朝まで、空家の中に残されている。

灯が消えた。くらやみを背負って母親が出て来た。五人の幼い子供達。父母。祖母。——賑かな、然し寂しい一行は歩み出した。その時から十余年経った。

その五人の兄弟のなかの一人であった彼は再びその大都会へ出て来た。其処で彼は学校へ通った。知らない町ばかりであった。碁会所。玉突屋。大弓所。珈琲店。下宿。彼はそのせせこましい展望を逃れて郊外へ移った。其処は偶然にも以前住んだことのある町に近かった。霜解け、夕凍み、その匂いには憶えがあった。

ひと月ふた月経った。日光と散歩に恵まれた彼の生活は、何時の間にか怪しい不協和に陥っていた。遠くの父母や兄弟の顔が、これまでになく忌わしい蔭を帯びて、彼の心を紊した。

或る朝、彼は日当のいい彼の部屋で座蒲団を干していた。その座蒲団は彼の幼時からの記憶につながれていた。同じ切れ地で夜具が出来ていたのだった。——日なたの匂いを立てながら縞目の古りた座蒲団は膨れはじめた。彼は眼を瞠った。どうしたのだ。まるで覚えがない。何という縞目だ。——そして何という旅情……

以前住んだ町を歩いて見る日がとうとうやって来た。彼は道々、町の名前が変ってはいないかと心配しながら、ひとに道を尋ねた。町はあった。近づくにつれて心が重くなった。一軒二軒、昔と変らない家が、新らしい家に挟まれて残っていた。はっと胸を衝かれる瞬間があった。然しその家は違っていた。確かに町はその町に違いなかった。幼な友達の家が一軒あった。代が変って友達の名前になっていた。台所から首を出している母らしいひとの眼を彼は避けた。その家が見つかれば道は憶えていた。彼はその方へ歩き出した。

彼は往来に立ち竦んだ。十三年前の白分が往来を走っている！　——その子供は何も知らないで、町角を曲って見えなくなってしまった。彼は泪ぐんだ。何という旅情だ！　それはもう嗚咽に近かった。

或る夜、彼は散歩に出た。そして何時の間にか知らない路を踏み迷っていた。それは道も灯もない大きな暗闇であった。探りながら歩いてゆく足が時どき凹みへ踏み落ちた。それは泣きたくなる瞬間であった。そして寒さは衣服に染み入ってしまっていた。

時刻は非常に晩くなったようでもあり、またそんなでもないように思えた。路を何処から間違ったのかもはっきりしなかった。頭はまるで空虚であった。ただ、寒さだけを覚えた。

彼は燐寸の箱を袂から取り出そうとした。腕組みしている手をそのまま、右の手を左の袂へ、左の手を右の袂へ突込んだ。燐寸はあった。手では摑んでいた。然しどちらの手で摑んでいるのか、そしてそれをどう取出すのか分らなかった。

暗闇に点された火は、また彼の空虚な頭の中に点された火でもあった。彼は人心地を知った。

一本の燐寸の火が、焰が消えて炭火になってからでも、闇に対してどれだけの照力を持っていたか、彼ははじめて知った。火が全く消えても、少しの間は残像が彼を導いた――

突然烈しい音響が野の端から起った。

華ばなしい光の列が彼の眼の前を過って行った。光の波は土を嚙って彼の足もとまで押し寄せた。

汽罐車の烟は火になっていた。反射をうけた火夫が赤く動いていた。

客車。食堂車。寝台車。光と熱と歓語で充たされた列車。

激しい車輪の響きが彼の身体に戦慄を伝えた。それははじめ荒々しく彼をやっつけたが、遂には得体の知れない感情を呼び起した。涙が流れ出た。

響きは遂に消えてしまった。そのままの普段着で両親の家へ、急行に乗って、と彼は涙の中に決心していた。

（一九二五年十二月）

雪後

一

行一が大学へ残るべきか、それとも就職すべきか迷っていたとき、彼に研究を続けてゆく願いと、生活の保証と、その二つが不充分ながら叶えられる位地を与えてくれたのは、彼の師事していた教授であった。その教授は自分の主裁している研究所の一隅に彼のための椅子を設けてくれた。そして彼は地味な研究の生活に入った。それと同時に信子との結婚生活が始まった。その結婚は行一の親や親族の意志が阻んでいたものだった。然し結局、彼はそんな人びとから我儘だ剛情だと云われる以外のやり方で、物事を振舞うすべを知らなかったのだ。

彼等は東京の郊外につつましい生活をはじめた。櫟林や麦畠や街道や菜園や、地形の変化に富んだその郊外は静かで清すがしかった。乳牛のいる牧場は信子の好きなものだった。どっしりした百姓家を彼は愛した。

「あれに出喰わしたら、こう手綱を持っているだろう、それのこちら側へ避けないと危いよ」

行一は妻に教える。春埃の路は、時どき調馬師に牽かれた馬が閑雅な歩みを運んでいた。

彼等の借りている家の大家というのは、この土地に住みついた農夫の一人だった。夫婦はこの大家から親しまれた。時どき彼等は日向や土の匂いのするような其処の子を連れて来て家で遊ばせた。彼も家の出入には、苗床が囲ってあったりする大家の前庭を近道した。

――コツコツ、コツコツ――

「なんだい、あの音は」食事の箸を止めながら、耳に注意をあつめる科で、行一は妻に眴せする。

「雀よ。パンの屑を屋根へ蒔いといたんですの」

その音がし始めると、信子は仕事の手を止めて二階へ上り、抜足差足で明障子へ嵌めた硝子に近づいて行った。歩くのじゃなしに、揃えた趾で跳ねながら、四五匹の雀が餌を啄いていた。此方が動きもしないのに、チラと信子に気づいたのか、ビュビュと飛んでしまった。――信子はそんな話をした。

「もう大慌てで逃げるんですもの。しとの顔も見ないで……」

しとの顔で行一は笑った。信子はよくそういった話で単調な生活を飾った。行一はそんな信子を、貧乏する資格があると思った。信子は身籠(みごも)った。

二

青空が広く、葉は落ち尽し、鈴懸(すずかけ)が木に褐色の実を乾かした。冬。凩(こがらし)が吹いて、人が殺された。泥棒の噂(うわさ)や火事が起った。短い日に戸をたてる信子は舞いこむ木の葉にも慴(おび)えるのだった。

或(あ)る朝トタン屋根に足跡が印されてあった。

行一も水道や瓦斯(ガス)のない不便さに身重の妻を痛ましく思っていた矢先で、市内に家を捜し始めた。

「大家さんが交番へ行って下さったら、俺の管轄(かんかつ)内に事故のあったことがないって。何時(いつ)でもそんなことを云って、巡回しないらしいのよ」

大家の主婦に留守を頼んで信子も市中を歩いた。

三

ある日、空は早春を告げ知らせるような大雪を降らした。

朝、寝床のなかで行一は雪解の滴がトタン屋根を忙しくたたくのを聞いた。

窓の戸を繰ると、あらたかな日の光が部屋一杯に射し込んだ。まぶしい世界だ。厚く雪を被った百姓家の茅屋根からは蒸気が濛々とあがっていた。生れたばかりの仔雲！　深い青空に鮮かに白く、それは美しい運動を起していた。彼はそれを見ていた。

「どっこいしょ、どっこいしょ」

お早うを云いにあがって来た信子は、

「まあ、温かね」と云いながら、蒲団を手摺にかけた。と、それは直ぐ日向の匂いをたて始めるのであった。

「ホーホケキョ」

「あ、鶯かしら」

雀が二羽檜葉を揺すって、転がるように青木の蔭へかくれた。

「ホーホケキョ」

口笛だ。小鳥を飼っている近くの散髪屋の小僧だと思う。行一はそれに軽い好意を感じた。

「まあほんとに口笛だわ。憎らしいのね」

朝夕朗々とした声で祈禱をあげる、そして原っぱへ出ては号令と共に体操をする。御岳教会の老人が大きな雪達磨を作った。傍に立札が立ててある。

「御岳教会×××作之」と。

茅屋根の雪は鹿子斑になった。立ちのぼる蒸気は毎日弱ってゆく。

月がいいので或る晩行一は戸外を歩いた。地形がいい工合に傾斜を作っている原っぱで、スキー装束をした男が二人、月光を浴びながらかわるがわる滑走しては跳躍した。

昼間、子供達が板を尻に当てて棒で楫をとりながら、行列して滑る有様を信子が話していたが、その切通し坂はその傾斜の地続きになっていた。其処は滑石を塗ったように気味悪く光っていた。

バサバサと凍った雪を踏んで、月光のなかを、彼は美しい想念に涵りながら歩いた。その晩行一は細君にロシアの短篇作家の書いた話をしてやった。——

「乗せてあげよう」

少年が少女を橇に誘う。二人は汗を出して長い傾斜を牽いてあがった。其処から滑り降りるのだ。——橇は段々速力を増す。首巻がハタハタはためきはじめる。風がビユビユと耳を過ぎる。

「ぼくはお前を愛している」

ふと少女はそんな囁き(ささや)を風のなかに聞いた。胸がドキドキした。然し速力が緩み、風の唸り(うな)が消え、なだらかに橇が止まる頃には、それが空耳だったという疑惑が立罩(たちこ)める。

「どうだったい」

「もう一度」

晴ばれとした少年の顔からは、少女は孰れ(いず)とも決めかねた。

少女は確かめたいばかりに、また汗を流して傾斜をのぼる。――首巻がはためき出した。ビュビュ、風が唸って過ぎた。胸がドキドキする。

「ぼくはおまえを愛している」

少女は溜息(ためいき)をついた。

「どうだったい」

「もう一度！　もう一度よ」と少女は悲しい声を出した。今度こそ。今度こそ。

然し何度試みても同じことだった。泣きそうになって少女は別れた。そして永遠に。

――二人は離ればなれの町に住むようになり、離ればなれに結婚した。――年老いても二人はその日の雪滑りを忘れなかった。――

それは行一が文学をやっている友人から聞いた話だった。

「まあいいわね」

「間違ってるかも知れないぜ」

大変なことが起った。或る日信子は例の切通しの坂で顚倒した。心弱さから彼女はそれを夫に秘していた。産婆の診察日に彼女は顫えた。然し胎児には異状はなかったらしかった。そのあとで信子は夫に事のありようを話した。行一はまだ妻の知らなかったような怒り方をした。

「どんなに叱られてもいいわ」と云って信子は泣いた。

然し安心は続かなかった。信子はしばらくして寝ついた。彼女の母が呼ばれた。医者は腎臓の故障だと診て帰った。

行一は不眠症になった。それが研究所での実験の一頓挫と同じに来た。未だ若く研究に劫の経ない行一は、その性質にも似ず、首尾不首尾の波に支配されるのだ。夜、寝つけない頭のなかで、信子がきっと取返しがつかなくなる思いに苦しんだ。それに屈服する。それが行一にはもう取返しのつかぬことに思えた。

「バッタバッタバッタ」鼓翼の風を感じる。「コケコッコウ」

遠くに競争者が現われる。此方は如何にも疲れている。あちらの方がピッチが出ている。

「……」とうとう止(よ)してしまった。

「コケコッコウ」

一声——二声——三声——もう鳴かない。ゴールへ入ったんだ。行一は何時か競漕(レース)に結びつけてそれを聞くのに慣れてしまった。

四

「あの、電車の切符を置いてって下さいな」靴の紐(ひも)を結び終った夫に帽子を渡しながら、信子は弱よわしい声を出した。

「今日は未だ何処(どこ)へも出られないよ。此方から見ると顔がまだむくんでいる」

「でも……」

「でもじゃないよ」

「お母さん……」

「お姑(かあ)さんには行って貰(もら)うさ」

「だから……」

「だから切符は出すさ」

「はじめからその積りで云ってるんですわ」信子は窶れの見える顔を、意味のある表情で微笑ませた。（またぼんやりしていらっしゃる）——娘むすめした着物を着ている。それが産み日に近い彼女には裾がはだけ勝ちな位だ。

「今日はひょっとしたら大槻の下宿へ寄るかも知れない。家捜しが手間どったら寄らずに帰る」切り取った回数券は直かに細君の手へ渡してやりながら、彼はむつかしい顔でそう云った。

「此処だった」と彼は思った。灌木や竹藪の根が生なました赤土から切口を覗かせている例の切通し坂だった。

——彼が其処へ来かかると、赤土から女の太腿が出ていた。何本も何本もだった。

「何だろう」

「それは××が南洋から持って帰って、庭へ植えている○○の木の根だ」

そう云ったのは何時の間にやって来たのか友人の大槻の声だった。彼は納得がいったような気がした。と同時に切通しの上は××の屋敷だったと思った。

少時歩いていると今度は田舎道だった。邸宅などの気配はなかった。やはり切り崩された赤土のなかからにょきにょき女の腿が生えていた。

「○○の木などある筈がない。何なんだろう？」

何時か友人は傍にいなくなっていた。——

行一は其処に立ち、今朝の夢がまだ生なましているのを感じた。若い女の腿だった。それが植物という概念と結びついて、畸形な、変に不気味な印象を強めていた。鬚根がぼろぼろした土をつけて下っている、壊えた赤土のなかから大きな霜柱が光っていた。

××というのは、思い出せなかったが、覇気に富んだ開墾家で知られている或る宗門の僧侶——そんな見当だった。また○○の木というのは、気根を出す榕樹に聯想を持っていた。それにしてもどうしてあんな夢を見たんだろう。然し催情的な感じはなかった。と行一は思った。

実験を早く切り上げて午後行一は貸家を捜した。こんなことも、気質の明るい彼には心の鬱したこの頃でも割合平気なのであった。家を捜すのにほっとすると、実験装置の器具を注文に本郷へ出、大槻の下宿へ寄った。中学校も高等学校も大学も一緒だったが、その友人は文科にいた。携わっている方面も異い、気質も異っていたが、彼等は昔から親しく往来し互の生活に干渉し合っていた。殊に大槻は作家を志望していて、茫洋とした研究に乗り出した行一になにか共通した刺戟を感じるのだった。

「どうだい、で、研究所の方は？」

「まあぼちぼちだ」

「落ちついているね」

「例のところで未だ引っ掛ってるんだ。今度の学会で先生が報告する筈だったんだが、今のままじゃ未だ貧弱でね」

四方山（よもやま）の話が出た。行一は今朝の夢の話をした。

「その章魚（たこ）の木だとか、××が南洋から移植したと云（い）うのは面白いね」

「そう教えたのが君なんだからね。……如何にも君らしいね。出鱈目（でたらめ）をよく教える……」

「なんだ、なんだ」

「狐の剃刀とか雀の鉄砲とか、いい加減なことをよく云うぜ」

「なんだ、その植物なら本当にあるんだよ」

「顔が赤いよ」

「不愉快だよ。夢の事実で現実の人間を云々（うんぬん）するのは。そいじゃね、君の夢を一つ出してやる」

「開き直ったね」

「だいぶん前の話だよ。Oがいたし、Cも入ってるんだ。それに君と僕と。組んでトランプをやっていたんだから、四人だった。何処でやっているのかと云うと、それが君の家の庭なんだ。それでいざやろうという段になると、君が物置みたいな所から、切符売場のようになった小さい小舎を引張り出して来るんだ。そしてその中へ入って、据り込んで、切符を売る窓口から『さあここへ出せ』って云うんだ。滑稽な話だけど、何だかその窓口へ立つのが癪で憤慨していると、Oがまたその中へ入ってもう一つの窓口を占領してしまった。……どうだその夢は」

「それからどうするんだ」

「如何にも君らしいね……いや、Oに占領しられるところは君らしいよ」

大槻は行一を送って本郷通へ出た。美しい夕焼雲が空を流れていた。日を失った街上には早や夕暗が迫っていた。そんななかで人びとはなにか活気づけられて見えた。歩きながら大槻は社会主義の運動やそれに携わっている若い人達のことを行一に話した。

「もう美しい夕焼も秋まで見えなくなるな。よく見とかなくちゃ。——僕はこの頃今時分になると情けなくなるんだ。空が奇麗だろう。それにこっちの気持が弾まないと来ている」

「呑気なことを云ってるな。さよなら」

行一は毛糸の首巻に顎を埋めて大槻に別れた。

電車の窓からは美しい木洩れ陽が見えた。夕焼雲が段々死灰に変じて行った。夜、帰りの遅れた馬力が、紙で囲った蠟燭の火を花束のように持って歩いた。行一は電車のなかで、先刻大槻に聞いた社会主義の話を思い出していた。彼は受身になった。魔誤ついた。自分の治めてゆこうとする家が、大槻の夢に出て来た切符売場のように思えた。社会の下積という言葉を聞くと、赤土のなかから生えていた女の腿を思い出した。放胆な大槻は、妻を持ち子を持とうとしている、行一の気持に察しがなかった。行一はたじろいだ。

満員の電車から終点へ下された人びとは皆な働人の装いで、労働者が多かった。夕刊売りや鯉売りが暗い火を点している省線の陸橋を通り、反射燈の強い光のなかを黙々と坂を下りてゆく。どの肩もどの肩もがっしり何かを背負っているようだ。行一は何時もそう思う。坂を下りるにつれて星が雑木林の蔭へ隠れてゆく。

道で、彼はやはり帰りの姑に偶然追いついた。声をかける前に、少時行一は姑を客観しながら歩いた。家人を往来で眺める珍らしい心で。

「なんてしょんぼりしているんだろう」

肩の表情は痛いたしかった。

「お帰り」

「あ。お帰り」姑はなにか呆けているような貌だった。

「疲れてますね。どうでした。見つかりましたか」

「気の進まない家ばかりでした。あなたの方は……」

まあ帰ってからゆっくりと思って、今日見つけた家の少し混み入った条件を行一が話し躊っていると、姑はおっ被せるように、

「今日は珍らしいものを見ましたよ」

それは街の上で牛が仔を産んだ話だった。その牛は荷車を牽く運送屋の牛であった。荷物を配達先へ届けると同時に産気づいて、運送屋や家の人が気を揉むうちに、安やすと仔牛は産まれた。親牛は長いこと、夕方まで休息していた。が、姑がそれを見た頃には、蓆を敷き、その上に仔牛を載せた荷車に、もう親牛はついていた。

行一は今日の美しかった夕焼雲を思い浮べた！

「ぐるりに人が沢山集って見ていましたよ。提灯を借りて男が出て来ましてね。さ、どいてくれよと云って、前の人をどかせて牛を歩かせたんです——みんな見てました
……」

姑の貌は強い感動を抑えていた。行一は、

「よしよし、よしよし」膨らんで来る胸をそんな思いで緊めつけた。

「そいじゃ、先へ帰ります」

買物があるという姑を八百屋の店に残して、彼は暗い星の冴えた小路へ急ぎ足で入った。

（一九二六年五月）

ある心の風景

一

喬は彼の部屋の窓から寝静まった通りに凝視っていた。起きている窓はなく、深夜の静けさは暈となって街燈のぐるりに集っていた。固い音が時どきするのは突き当っていく黄金虫の音でもあるらしかった。

其処は入り込んだ町で、昼間でも人通りは尠く、魚の腹綿や鼠の死骸は幾日も位置を動かなかった。両側の家々はなにか荒廃していた。自然力の風化して行くあとが見えた。紅殻が古びてい、荒壁の塀は崩れ、人びとはそのなかで古手拭のような無気力な生活をしているように思われた。喬の部屋はそんな通りの、卓子で云うなら主人役の位置に窓を開いていた。

時どき柱時計の振子の音が戸の隙間から洩れてきこえて来た。遠くの樹に風が黒く渡る。と、やがて眼近い夾竹桃は深い夜のなかで揺れはじめるのであった。喬はただ凝視っている。――暗のなかに仄白く浮んだ家の額は、そうした彼の視野のなかで、消えてゆき現われて来、喬は心の裡に定かならぬ想念のまた過ぎてゆくのを感じた。

蟋蟀が鳴いていた。そのあたりから――と思われた――微かな植物の朽ちてゆく匂いが漂って来た。

「君の部屋は仏蘭西の蝸牛の匂いがするね」

喬のところへやって来たある友人はそんなことを云った。またある一人は、

「君は何処に住んでも直ぐその部屋を陰鬱にしてしまうんだな」と云った。

何時も紅茶の滓が溜っているピクニック用の湯沸器。帙と離ればなれに転っている本の類。紙切れ。そしてそんなものを押しわけて敷かれている蒲団。喬はそんななかで青鷺のように昼は寝ていた。眼が覚めては遠くに学校の鐘を聞いた。そして夜、人びとが寝静まった頃この窓へ来てそとを眺めるのだった。

深い霧のなかを影法師のように過ぎてゆく想念がだんだん分明になって来る。

彼の視野のなかで消散したり凝聚したりしていた風景は、或る瞬間それが実に親しい風景だったかのように、また或る瞬間は全く未知の風景のように見えはじめる。そして或る瞬間が過ぎた。――喬にはもう、どこまでが彼の想念であり、どこからが深夜の町であるのか、わからなかった。喑のなかの夾竹桃はそのまま彼の憂鬱であった。物蔭の電燈に写し出されている土塀、暗と一つになっている其処で立体的な形をとっていた。

喬は彼の心の風景を其処に指呼することが出来る、と思った。

二

どうして喬がそんなに夜更けて窓に起きているか、それは彼がそんな時刻まで寝られないからでもあった。寝るには余り暗い考えが彼を苦しめるからでもあった。彼は悪い病気を女から得て来ていた。

ずっと以前彼はこんな夢を見たことがあった。

――足が地脹れをしている。その上に、嚙んだ歯がたのようなものが二列びついている。脹れはだんだんひどくなって行った。それにつれてその痕は段々深く、まわりが大きくなって来た。

或るものはネエヴルの尻のようである。盛りあがった気味悪い肉が内部から覗いていた。また或る痕は、細長く深く切れ込み、古い本が紙魚に食い貫かれたあとのようになっている。

変な感じで、足は見ているうちにも青く脹れてゆく。痛くもなんともなかった。腫物は紅い、サボテンの花のようである。

ことであった。そんなとき喬は暗いものに到るところ待ち伏せされているような自分を感じないではいられなかった。

時どき彼は、病める部分を取出して眺めた。それはなにか一匹の悲しんでいる生き物の表情で、彼に訴えるのだった。

三

喬は度たびその不幸な夜のことを思い出した。——

彼は酔っ払った嫖客や、嫖客を呼びとめる女の声の聞こえて来る、往来に面した部屋に一人坐っていた。勢いづいた三味線や太鼓の音が近所から、彼の一人の心に響いて来た。

「この空気!」と喬は思い、耳を欹てるのであった。ゾロゾロと履物の音。間を縫って利休が鳴っている。——物音はみな、或るもののために鳴っているように思えた。

アイスクリーム屋の声も、歌をうたう声も、なにからなにまで。

小婢の利休の音も、直ぐ表ての四条通ではこんな風には響かなかった。

喬は四条通を歩いていた何分か前の自分、——其処では自由に物を考えていた自分、

——と同じ自分をこの部屋のなかで感じていた。

「とうとうやって来た」と思った。

小婢が上って来て、部屋には便利炭の蠟が匂った。喬は満足に物が云えず、小婢の降りて行ったあとで、そんな直ぐに手の裏返したようになれるかい、と思うのだった。

女はなかなか来なかった。喬は屈託した気持で、思いついたまま、勝手を知ったこの家の火の見へ上って行こうと思った。

朽ちかけた梯子をあがろうとして、眼の前の小部屋の障子が開いていた。なかには蒲団が敷いてあり、人の眼がこちらを睨んでいた。知らぬふりであがって行きながら喬は、こんな場所での気強さ、と思った。

火の見へあがると、この界隈を覆っているのは暗い甍であった。そんな間から所どころ、電燈をつけた座敷が簾越しに見えていた。レストランの高い建物が、思わぬところから頭を出していた。四条通はあすこかと思った。八坂神社の赤い門。電燈の反射をうけて仄かに姿を見せている森。そんなものが甍越しに見えた。夜の靄が遠くはぼかしていた。円山、それから東山。天の川がそのあたりから流れていた。

喬は自分が解放されるのを感じた。そして、

「何時も此処へは登ることに極めよう」と思った。

五位が鳴いて通った。煤黒い猫が屋根を歩いていた。喬は足もとに闌れた秋草の鉢を見た。

女は博多から来たのだと云った。その京都言葉に変な訛りがあった。身嗜みが奇麗で、喬は女にそう云った。そんなことから、女の口はほぐれて、自分がまだ出て匆々だのに、先月はお花を何千本売って、この廓で四番目なのだと云った。またそれは一番から順に検番に張り出され、何番かまではお金が出る由云った。女の小ざっぱりしているのはそんな彼女におかあはんというのが気をつけてやるのであった。

「そんな訳やでうちも一生懸命にやってるの。こないだからもな、風邪ひいとるんやけど、しんどうてな、おかあはんは休めというけど、うちは休まんのや」

「薬は飲んでるのか」

「うちでくれたけど、一服五銭でな、……あんなものなんぼ飲んでもきかせん」

喬はそんな話を聞きながら、頭ではS—という男の話に聞いたある女の事を憶い浮べていた。

それは醜い女で、その女を呼んでくれと名を云うときは、いくら酔っていても羞しい思いがすると、S—は云っていた。そして着ている寝間着の汚いこと、それは話にならないよと云った。

　S―は最初、ふとした偶然からその女に当り、その時、よもやと思っていたような異様な経験をしたのであった。その後S―はひどく酔ったときなどは、気持にはどんな我慢をさせてもという気になってついその女を呼ぶ、心が荒くなってその女でないと満足出来ないようなものが、酒を飲むと起るのだと云った。

　喬はその話を聞いたとき、女自身に病的な嗜好があるのなればとにかくだがと思い、畢竟廓での生存競争が、醜いその女にそのような特殊なことをさせるのだと、考えは暗い其処へ落ちた。

　その女は瘂のように口をきかぬとS―は云った。尤も話をする気にはならないよと、また云った。一体、やはり瘂の、何人位の客をその女は持っているのだろうと、その時喬は思った。

　喬はその醜い女とこの女とを思い比べながら、耳は女のお喋りに任せていた。

「あんたは温柔しいな」と女は云った。

　女の肌は熱かった。新らしいところへ触れて行くたびに「これは熱い」と思われた。

―――

「またこれから行かんならん」と云って女は帰る仕度をはじめた。

「あんたも帰るのやろ」

「うむ」

喬は寝ながら、女が此方(こっち)を向いて、着物を着ておるのを見ていた。見ながら彼は「さ、どうだ。これだ」と自分に確めていた。それはこんな気持であった。――平常自分が女、女、と想(おも)っている、それまではまだいい、そしてこのような場所へ来て女を買うが、女が部屋へ入って来る、それまではまだいい、女が着物を脱ぐ、それまでもまだいい、それからそれ以上は、何が平常から想っていた女だろう。「さ、これが女の腕だ」と自分自身で確める。然しそれはまさしく女の腕であって、それだけだ。そして女が帰り仕度をはじめた今頃、それはまた女の姿をあらわして来るのだ。

「電車はまだあるかしらん」

「さあ、どうやろ」

喬は心の中でもう電車がなくなっていてくれればいいと思った。階下のおかみは、「帰るのがお厭(いや)どしたら、朝まで寝とおいやしても、うちはかましまへん」と云うかも知れない。それより「誰ぞをお呼びやおへんのどしたら、帰っとくれやす」と云われる方が、と喬は思うのだった。

「あんた一緒に帰らへんのか」

女は身じまいはしたが、まだ愚図ついていた。「まあ」と思い、彼は汗づいた浴衣だけは脱ぎにかかった。

女は帰って、直ぐ彼は「ビール」と小婢に云いつけた。

ジュ、ジュクと雀の啼声が樋にしていた。喬は朝靄のなかに明けて行く水みずしい外面を、半分覚めた頭に描いていた。頭を挙げると朝の空気のなかに光の薄れた電燈が、睡っている女の顔を照していた。

花売りの声が戸口に聞こえたときも彼は眼を覚ました。新鮮な声、と思った。榊の葉やいろいろの花にこぼれている朝陽の色が、見えるように思われた。

やがて、家々の戸が勢いよく開いて、学校へ行く子供の声が路に聞こえはじめた。女はまだ深く睡っていた。

「帰って、風呂へ行って」と女は欠伸まじりに云い、束髪の上へ載せる丸く編んだ毛を掌に載せ、「帰らして貰いまっさ」と云って出て行った。喬はそのまままた寝入った。

四

喬は丸太町の橋の袂から加茂磧へ下りて行った。磧に面した家々が、其処に午後の日蔭を作っていた。

護岸工事に使う小石が積んであった。それは秋日の下で一種の強い匂いをたてていた。荒神橋の方に遠心乾燥器が草原に転っていた。そのあたりで測量の巻尺が光っていた。

川水は荒神橋の下手で簾のようになって落ちている。夏草の茂った中洲の彼方で、浅瀬は輝きながらサラサラ鳴っていた。鶺鴒が飛んでいた。

背を刺すような日表は、蔭となるとさすが秋の冷たさが跼っていた。喬は其処に腰を下した。

「人が通る、車が通る」と思った。また、

「街では自分は苦しい」と思った。

川向うの道を徒歩や車が通っていた。川添の公設市場。タールの樽が積んである小屋。空地では家を建てるのか人びとが働いていた。

川上からは時どき風が吹いて来た。カサコソと彼の坐っている前を、皺になった新聞紙が押されて行った。小石に阻まれ、一しきり風に堪えていたが、ガックリ一つ転ると、また運ばれて行った。

二人の子供に一匹の犬が川上の方へ歩いて行く。犬は戻って、ちょっとその新聞紙を嗅いでみ、また子供のあとへついて行った。

川の此方岸には高い欅の樹が葉を茂らせている。喬は風に戦いでいるその高い梢に心は惹かれた。稍々暫らく凝視っているうちに、彼の心の裡のなにかがその梢に棲り、高い気流のなかで小さい葉と共に揺れ青い枝と共に撓んでいるのが感じられた。

「ああこの気持」と喬は思った。「視ること、それはもうなにかなのだ。自分の魂の一部分或いは全部がそれに乗り移ることなのだ」

喬はそんなことを思った。毎夜のように彼の坐る窓辺、その誘惑――病鬱や生活の苦渋が鎮められ、ある距りをおいて眺められるものとなる心の不思議が、此処の高い欅の梢にも感じられるのだった。

「街では自分は苦しい」

北には加茂の森が赤い鳥居を点じていた。その上に遠い山々は累って見える。比叡山――それを背景にして、紡績工場の煙突が煙を立登らせていた。赤煉瓦の建物。ポスト。荒神橋には自転車が通り、パラソルや馬力が動いていた。日蔭は磧に伸び、物売りのラッパが鳴っていた。

五

喬は夜更けまで街をほっつき歩くことがあった。

人通りの絶えた四条通は稀に酔っ払いが通る位のもので、夜霧はアスファルトの上までおりて来ている。両側の店はゴミ箱を鋪道に出して戸を鎖してしまっている。所どころに嘔吐がはいてあったり、ゴミ箱が倒されていたりした。喬は自分も酒に酔ったときの経験は頭に上り、今は静かに歩くのだった。

新京極に折れると、たてた戸の間から金盥を持って風呂へ出かけてゆく女の下駄が鳴り、ローラースケートを持ち出す小店員、うどんの出前を運ぶ男、往来の真中で棒押しをしている若者などが、異様な盛り場の夜更けを見せている。昼間は雑閙のなかに埋れていたこの人びとはこの時刻になって存在を現わして来るのだと思えた。

新京極を抜けると町は本当の夜更けになっている。昼間は気のつかない自分の下駄の音が変に耳につく。そしてあたりの静寂は、なにか自分が変なたくらみを持って町を歩いているような感じを起させる。

喬は腰に朝鮮の小さい鈴を提げて、そんな夜更け歩いた。それは岡崎公園にあった博覧会の朝鮮館で友人が買って来たものだった。銀の地に青や赤の七宝がおいてあり、美しい枯れた音がした。人びとのなかでは聞こえなくなり、夜更けの道で鳴り出すそれは、彼の心の象徴のように思えた。

此処でも町は、窓辺から見る風景のように、歩いている彼に展けてゆくのであった。生れてから未だ一度も踏まなかった道、そして同時に、実に親しい思いを起させる道。――それはもう彼が限られた回数通り過ぎたことのある何時もの道ではなかった。何時の頃から歩いているのか、喬は自分がとことわの過ぎてゆく者であるのを今は感じた。

そんな時朝鮮の鈴は、喬の心を顫わせて鳴った。或る時は、喬の現身は道の上に失われ鈴の音だけが町を過るかと思われた。また或る時それは腰のあたりに湧き出して、彼の身体の内部へ流れ入る澄み透った渓流のように思えた。それは身体を流れめぐって、病気に汚れた彼の血を、洗い清めてくれるのだ。

「俺はだんだん癒ってゆくぞ」

コロコロ、コロコロ、彼の小さな希望は深夜の空気を清らかに顫わせた。

六

窓からの風景は何時の夜も渝らなかった。喬にはどの夜もみな一つに思える。

然し或る夜、喬は暗のなかの木に、一点の蒼白い光を見出した。いずれなにかの虫には違いないと思えた。次の夜も、次の夜も、喬はその光を見た。

そして彼が窓辺を去って、寝床の上に横になるとき、彼は部屋のなかの暗にも一点の燐光を感じた。

「私の病んでいる生き物。私は暗闇のなかにやがて消えてしまう。然しお前は睡らないでひとりおきているように思える。そとの虫のように……青い燐光を燃しながら……」

（一九二六年七月）

Ｋの昇天

――或(あるい)はＫの溺死(できし)

お手紙によりますと、あなたはK君の溺死に就て、それが過失だったろうか、自殺だったろうか、自殺ならば、それが何に原因しているのだろう。或は不治の病をはかなんで死んだのではなかろうかと様ざまに思い悩んでいられるようであります。そして僅か一と月程の間に、あの療養地のN海岸で偶然にも、K君と相識ったというような、一面識もない私にお手紙を下さるようになったのだと思います。私はあなたのお手紙ではじめてK君の彼地での溺死を知ったのです。私は大層おどろきました。と同時に「K君はとうとう月世界へ行った」と思ったのです。どうして私がそんな奇異なことを思ったか、それを私は今ここでお話しようと思っています。それは或はK君の死の謎を解く一つの鍵であるかも知れないと思うからです。

それは何時頃だったか、私がNへ行ってはじめての満月の晩です。私は病気の故で、その頃夜がどうしても眠れないのでした。その晩もとうとう寝床を起きてしまいまして、幸い月夜でもあり、旅館を出て、錯落とした松樹の影を踏みながら砂浜へ出て行きました。引きあげられた漁船や、地引網を捲く轆轤などが白い砂に鮮かな影をおとしている外、浜には何の人影もありませんでした。干潮で荒い浪が月光に砕けながらどうどうと打寄せていました。私は煙草をつけながら漁船のともに腰を下して海を眺めていました。夜はもうかなり更けていました。

暫くして私が眼を砂浜の方に転じましたとき、私は砂浜に私以外のもう一人の人を発見しました。それがK君だったのです。然しその時はK君という人を私は未だ知りませんでした。その晩、それから、はじめて私達は互に名乗り合ったのですから。

私は折おりその人影を見返りました。そのうちに私は段々奇異の念を起してゆきました。というのは、その人影——K君——は私と三四十歩も距っていたでしょうか、海を見るというのでもなく、全く私に背を向けて、砂浜を前に進んだり、後に退いたり、と思うと立留ったり、そんなことばかりしていたのです。私はその人がなにか落し物でも捜しているのだろうかと思いました。首は砂の上を視凝めているらしく、前に傾いていたのですから。然しそれにしては踞むこともしない、足で砂を分けて見ることもしない。満月で随分明るいのですけれど、火を点けて見る様子もない。

私は海を見ては合間合間に、その人影に注意し出しました。奇異の念は増ます募ってゆきました。そして遂には、その人影が一度も此方を見返らず、全く私に背を向けて動作しているのを幸い、じっとそれを見続けはじめました。不思議な戦慄が私を通り抜けました。その人影のなにか魅かれているような様子が私に感じられたのです。

私は海の方に向き直って口笛を吹きはじめました。それがはじめは無意識にだったのですが、或は人影になにかの効果を及ぼすかも知れないと思うようになり、それは意識的になりました。私ははじめシューベルトの「海辺にて」を吹きました。御存じでしょうが、それはハイネの詩に作曲したもので、私の好きな歌の一つなのです。それからやはりハイネの詩の「ドッペルゲンゲル」。*これは「二重人格」*と云うのでしょうか。これも私の好きな歌なのでした。口笛を吹きながら、私の心は落ちついて来ました。やはり落し物だ、と思いました。そう思うより外、その奇異な人影の動作を、どう想像することが出来ましょう。そして私は思いました。あの人は煙草を喫まないから燐寸がないのだ。それは私が持っている。とにかくなにか非常に大切なものを落したのだろう。私は燐寸を手に持ちました。そしてその人影の方へ歩きはじめました。その人影に私の口笛は何の効果もなかったのです。相変らず、進んだり、退いたり、立留ったり、の動作を続けているのです。近寄ってゆく私の足音にも気がつかないようでした。ふと私はビクッとしました。あの人は影を踏んでいる。若し落し物なら影を背にして此方を向いて捜す筈だ。

天心をやや外れた月が私の歩いて行く砂の上にも一尺程の影を作っていました。私はきっとなにかだとは思いましたが、やはり人影の方へ歩いてゆきました。そして

二三間手前で、思い切って、

「何か落し物をなさったのですか」

とかなり大きい声で呼びかけて見ました。手の燐寸を示すようにして。

「落し物でしたら燐寸がありますよ」

次にはそう言う積りだったのです。然し落し物ではなさそうだと悟った以上、この言葉はその人影に話しかける私の手段に過ぎませんでした。

最初の言葉でその人は私の方を振り向きました。「のっぺらぼー」そんなことを不知不識の間に思っていましたので、それは私にとって非常に怖ろしい瞬間でした。

月光がその人の高い鼻を滑りました。私はその人の深い瞳を見ました。と、その顔は、なにか極り悪る気な貌に変ってゆきました。

「なんでもないんです」

澄んだ声でした。そして微笑がその口のあたりに漾いました。

私とK君とが口を利いたのは、こんな風な奇異な事件がそのはじまりでした。そして私達はその夜から親しい間柄になったのです。

暫くして私達は再び私の腰かけていた漁船のともへ返りました。そして、

「本当に一体何をしていたんです」

ということから、K君はぼつぼつそのことを説き明かしてくれました。でも、はじめの間はなにか躊躇していたようですけれど。

K君は自分の影を見ていた、と申しました。そしてそれは阿片の如きものだ、と申しました。

あなたにもそれが突飛でありましょうように、それは私にも実に突飛でした。

夜光虫が美しく光る海を前にして、K君はその不思議な謂われをぼちぼち話してくれました。

影程不思議なものはないとK君は言いました。君もやってみれば、必ず経験するだろう。影をじーっと視凝めておると、そのなかに段々生物の相があらわれて来る。外でもない自分自身の姿なのだが。それは電燈の光線のようなものでは駄目だ。月の光が一番いい。何故ということは云わないが、——という訳は、自分は自分の経験でそう信じるようになったので、或は私自身にしかそうであるのに過ぎないかも知れない。またそれが客観的に最上であるにしたところで、どんな根拠でそうなのか、それは非常に深遠なことと思います。どうして人間の頭でそんなことがわかるものですか。——これがK君の口調でしたね。何よりもK君は自分の感じに頼り、その感じの由って来たる所を説明の出来ない神秘のなかに置いていました。

ところで、月光による自分の影を視凝めているとそのなかに生物の気配があらわれて来る。それは月光が平行光線であるため、砂に写った影が、自分の形と等しいということがあるが、然しそんなことはわかり切った話だ。その影も短いのがいい。一尺二尺位のがいいと思う。そして静止している方が精神が統一されていいが、影は少し揺れ動く方がいいのだ。自分が行ったり戻ったり立留ったりしていたのはそのためだ。雑穀屋が小豆の屑を盆の上で捜すように、影を揺って御覧なさい。そしてそれをじーっと視凝めていると、そのうちに自分の姿が段々見えて来るのです。そうです、それは「気配」の域を越えて「見えるもの」の領分へ入って来るのです。――こうK君は申しました。そして、

「先刻あなたはシューベルトの『ドッペルゲンゲル』を口笛で吹いてはいなかったですか」

「ええ、吹いていましたよ」

と私は答えました。やはり聞えてはいたのだ、と私は思いました。

「影と『ドッペルゲンゲル』。私はこの二つに、月夜になれば憑かれるんですよ。この世のものでないというような、そんなものを見たときの感じ。――その感じになじんでいると、現実の世界が全く身に合わなく思われて来るのです。だから昼間は阿片

喫煙者のように倦怠です」

　とK君は云いました。

　自分の姿が見えて来る。不思議はそればかりではない。段々姿があらわれて来るに随って、影の自分は彼自身の人格を持ちはじめ、それにつれて此方の自分は段々気持が杳かになって、或る瞬間から月へ向って、スースーッと昇って行く。それは気持で何物とも云えませんが、まあ魂とでも云うのでしょう。それが月から射し下ろして来る光線を溯って、それはなんとも云えぬ気持で、昇天してゆくのです。

　K君はここを話すとき、その瞳はじっと私の瞳に魅り非常に緊張した様子でした。そして其処で何かを思いついたように、微笑でもってその緊張を弛めました。

「シラノ*が月へ行く方法を並べたてるところがありますね。これはその今一つの方法ですよ。でも、ジュール・ラフォルグ*の詩にあるように

　哀れなる哉、イカルス*が幾人も来ては落っこちる。


私も何遍やってもおっこちるんですよ」

　そう云ってK君は笑いました。

その奇異な初対面の夜から、私達は毎日訪ね合ったり、一緒に散歩したりするようになりました。月が欠けるに随って、K君もあんな夜更けに海へ出ることはなくなりました。

ある朝、私は日の出を見に海辺に立っていたことがありました。そのときK君も早起きしたのか、同じくやって来ました。そして、ちょうど太陽の光の反射のなかへ漕ぎ入った船を見たとき、

「あの逆光線の船は完全に影絵じゃありませんか」

と突然私に反問しました。K君の心では、その船の実体が、逆に影絵のように見えるのが、影が実体に見えることの逆説的な証明になると思ったのでしょう。

「熱心ですね」

と私が云ったら、K君は笑っていました。

K君はまた、朝海の真向から昇る太陽の光で作ったのだという、等身のシルウェットを幾枚か持っていました。

そしてこんなことを話しました。

「私が高等学校の寄宿舎にいたとき、よその部屋でしたが、一人美少年がいましてね、それが机に向っている姿を誰が描いたのか、部屋の壁へ、電燈で写したシルウェット

ですね。その上を墨でなすって描いてあるのです。それがとてもヴィヴィッドでしてね、私はよくその部屋へ行ったものです」

そんなことまで話すK君でした。聞きただしてはみなかったのですが、或はそれがはじまりかも知れませんね。

私があなたの御手紙で、K君の溺死を読んだとき、最も先に私の心象に浮んだのは、あの最初の夜の、奇異なK君の後姿でした。そして私は直ぐ、

「K君は月へ登ってしまったのだ」

と感じました。そしてK君の死体が浜辺に打ちあげられてあった、その前日は、まちがいもなく満月ではありませんか。私は唯今本暦を開いてそれを確めたのです。

私がK君と一緒にいました一と月程の間、その外にこれと云って自殺される原因になるようなものを、私は感じませんでした。でも、その一と月程の間に私が稍〻健康を取戻し、此方へ帰る決心が出来るようになったのに反し、K君の病気は徐々に進んでいたように思われます。K君の瞳は段々深く澄んで来、頰は段々こけ、あの高い鼻柱が目に立って硬く秀でて参ったように覚えています。

K君は、影は阿片の如きものだ、と云っていました。若し私の直感が正鵠を射抜いていましたら、影がK君を奪ったのです。然し私はその直感を固執するのではありま

せん。私自身にとってもその直感は参考にしか過ぎないのです。本当の死因、それは私にとっても五里霧中であります。

然し私はその直感を土台にして、その不幸な満月の夜のことを仮に組立てて見ようと思います。

その夜の月齢は十五・二であります。月の出が六時三十分。十一時四十七分が月の南中する時刻と本暦には記載されています。私はK君が海へ歩み入ったのはこの時刻の前後ではないかと思うのです。私がはじめてK君の後姿を、あの満月の夜に砂浜に見出したのもほぼ南中の時刻だったのですから。そしてもう一歩想像を進めるならば、月が少し西へ傾きはじめた頃と思います。若しそうとすればK君の所謂一尺乃至二尺の影は北側といっても稍〻東に偏した方向に落ちる訳で、K君はその影を追いながら海岸線を斜に海へ歩み入ったことになります。

K君は病と共に精神が鋭く尖り、その夜は影が本当に「見えるもの」になったのだと思われます。肩が現われ、頸が顕われ、微かな眩暈の如きものを覚えると共に、「気配」のなかから遂に頭が見えはじめ、そして或る瞬間が過ぎて、K君の魂は月光の流れに逆らいながら、徐々に月の方へ登ってゆきます。K君の身体は段々意識の支配を失い、無意識な歩みは一歩一歩海へ近づいて行くのです。影の方の彼は遂に一箇の人格を持ちました。K君の魂はなお高く昇天してゆきます。そしてその形骸は影の彼に導かれつつ、機械人形のように海へ歩み入ったのではないでしょうか。次いで干潮時の高い浪がK君を海中へ仆します。若しそのとき形骸に感覚が蘇ってくれば、魂はそれと共に元へ帰ったのであります。

哀れなる哉、イカルスが幾人も来ては落っこちる。

K君はそれを墜落と呼んでいました。若し今度も墜落であったなら、泳ぎの出来るK君です。溺れることはなかった筈です。

K君の身体は仆れると共に沖へ運ばれました。感覚はまだ蘇りません。次の浪が浜辺へ引摺りあげました。感覚はまだ帰りません。また沖へ引去られ、また浜辺へ叩きつけられました。然も魂は月の方へ昇天してゆくのです。

遂に肉体は無感覚で終りました。干潮は十一時五十六分と記載されています。その時刻の激浪に形骸の翻弄を委ねたまま、K君の魂は月へ月へ、飛翔し去ったのであります。

（一九二六年九月）

冬の日

一

季節は冬至に間もなかった。堯の窓からは、地盤の低い家々の庭や門辺に立っている木々の葉が、一日毎剝がれてゆく様が見えた。

ごんごん胡麻は老婆の蓬髪のようになってしまい、霜に美しく灼けた桜の最後の葉がなくなり、欅が風にかさかさ身を震わす毎に隠れていた風景の部分が現われて来た。もう暁刻の百舌鳥も来なくなった。そして或る日、屛風のように立ち並んだ欅の木へ鉛色の椋鳥が何百羽と知れず下りた頃から、段々霜は鋭くなって来た。

冬になって堯の肺は疼んだ。落葉が降り溜っている井戸端の漆喰へ、洗面のとき吐く痰は、黄緑色からにぶい血の色を出すようになり、時にそれは驚く程鮮かな紅に冴えた。堯が間借二階の四畳半で床を離れる時分には、主婦の朝の洗濯は夙うに済んでいて、漆喰は乾いてしまっている。その上へ落ちた痰は水をかけても離れない。堯は金魚の仔でもつまむようにしてそれを土管の口へ持って行くのである。彼は血の痰を見てももうなんの刺戟でもなくなっていた。が、冷澄な空気の底に冴え冴えとした一塊の彩りは、何故かいつもじっと凝視めずにはいられなかった。

堯はこの頃生きる熱意をまるで感じなくなっていた。一日一日が彼を引摺っていた。そして裡に住むべきところをなくした魂は、常に外界へ逃れよう逃れようと焦慮っていた。――昼は部屋の窓を展いて盲人のようにそとの風景を凝視める。夜は屋の外の物音や鉄瓶の音に聾者のような耳を澄ます。

冬至に近づいてゆく十一月の脆い陽ざしは、然し、彼が床を出て一時間とは経たない窓の外で、どの日もどの日も消えかかってゆくのであった。翳ってしまった低地には、彼の棲んでいる家の投影さえ没してしまっている。それを見ると堯の心には墨汁のような悔恨やいらだたしさが拡ってゆくのだった。日向は僅かに低地を距てた、灰色の洋風の木造家屋に駐っていて、その時刻、それはなにか悲しげに、遠い地平へ落ちてゆく入日を眺めているかのように見えた。

冬陽は郵便受のなかへまで射しこむ。路上のどんな小さな石粒も一つ一つ影を持っていて、見ていると、それがみな埃及のピラミッドのような巨大な悲しみを浮べている。――低地を距てた洋館には、その時刻、並んだ蒼桐の幽霊のような影が写っていた。向日性を持った、もやしのように蒼白い堯の触手は、不知不識その灰色した木造家屋の方へ伸びて行って、其処に滲み込んだ不思議な影の痕を撫でるのであった。

彼は毎日それが消えてしまうまでの時間を空虚な心で窓を展いていた。

展望の北隅を支えている樫（かし）の並樹（なみき）は、或（あ）る日は、その鋼鉄のような弾性で撓（し）ない踊りながら、風を揺りおろして来た。容貌（ようぼう）をかえた低地にはカサコサと枯葉が骸骨（がいこつ）の踊りを鳴らした。

そんなとき蒼桐の影は今にも消されそうにも見えた。もう日向とは思えない其処に、気のせい程の影がまだ残っている。そしてそれは凩（こがらし）に追われて、砂漠のような、其処では影の生きている世界の遠くへ、段々姿を掻（か）き消してゆくのであった。

堯はそれを見終ると、絶望に似た感情で窓を鎖（とざ）しにかかる。もう夜を呼ぶばかりの凩に耳を澄ましていると、或る時はまだ電気も来ない何処（どこ）か遠くでガラス戸の摧（くだ）け落ちる音がしていた。

二

堯は母からの手紙を受け取った。

「延子をなくしてから父上はすっかり老い込んでおしまいになった。お前の身体（からだ）も普通の身体ではないのだから大切にして下さい。もうこの上の苦労はわたしたちもしたくない。

わたしはこの頃夜中なにかに驚いたように眼が醒める。頭はお前のことが気懸りなのだ。いくら考えまいとしても駄目です。わたしは何時間も眠れません」

堯はそれを読んである考えに悽然とした。人びとの寝静まった夜を超えて、彼と彼の母が互に互を悩み苦しんでいる。そんなとき、彼の心臓に打った不吉な搏動が、どうして母を眼覚まさないと云い切れよう。

堯の弟は脊椎カリエスで死んだ。そして妹の延子も腰椎カリエスで、意志を喪った風景のなかを死んで行った。其処では、たくさんの虫が一匹の死にかけている虫の周囲に集って悲しんだり泣いたりしていた。そして彼等の二人ともが、土に帰る前の一年間を横たわっていた、白い土の石膏の床からおろされたのである。

――どうして医者は「今の一年は後の十年だ」なんて云うのだろう。

堯はそう云われたとき自分の裡に起った何故か跋の悪いような感情を想出しながら考えた。

――まるで自分がその十年で到達しなければならない理想でも持っているかのように。どうしてあと何年経てば死ぬとは云わないのだろう。

堯の頭には彼に屢々現前する意志を喪った風景が浮びあがる。

暗い冷い石造の官衙の立並んでいる街の停留所。其処で彼は電車を待っていた。家へ帰ろうか賑やかな街へ出ようか、彼は迷っていた。どちらの決心もつかなかった。そして電車はいくら待ってもどちらからも来なかった。圧しつけるような暗い建築の陰影、裸の並樹、疎らな街燈の透視図。――その遠くの交叉路には時どき過ぎる水族館のような電車。風景は俄に統制を失った。そのなかで彼は激しい滅形を感じた。

穉い堯は捕鼠器に入った鼠を川に漬けに行った。透明な水のなかで鼠は左右に金網を伝い、それは空気のなかでのように見えた。やがて鼠は網目の一つへ鼻を突込んだまま動かなくなった。白い泡が鼠の口から最後に泛んだ。……

堯は五六年前は、自分の病気が約束している死の前には、ただ甘い悲しみを撒いただけで通り過ぎていた。そして何時かそれに気がついてみると、栄養や安静が彼に浸潤した、美食に対する嗜好や安逸や怯懦は、彼から生きて行こうとする意志を段々に持ち去っていた。然し彼は幾度も心を取り直して生活に向って行った。が、彼の思索や行為は何時の間にか佯りの響をたてはじめやがてその滑らかさを失って凝固した。と、彼の前には、そういった風景が現われるのだった。

何人もの人間がある徴候をあらわしある経過を辿って死んで行った。それと同じ徴候がお前にあらわれている。

近代科学の使徒の一人が、堯にはじめてそれを告げたとき、彼の拒否する権限もないそのことは、ただ彼が漠然忌み嫌っていたその名称ばかりで、頭がそれを受けつけなかった。もう彼はそれを拒否しない。白い土の石膏の床は彼が黒い土に帰るまでの何年かの為に用意されている。其処ではもう転輾することさえ許されないのだ。

夜が更けて夜番の撃柝の音がきこえ出すと、堯は陰鬱な心の底で呟いた。

「おやすみなさい、お母さん」

撃柝の音は坂や邸の多い堯の家のあたりを、微妙に変ってゆく反響の工合で、それが通ってゆく先ざきを髣髴させた。肺の軋む音だと思っていた杳かな犬の遠吠。――堯には夜番が見える。母の寝姿が見える。もっともっと陰鬱な心の底で彼はまた呟く。

「おやすみなさい、お母さん」

三

堯は掃除をすました部屋の窓を明け放ち、籐の寝椅子に休んでいた。と、ジュッジュッという啼声がしてかなむぐらの垣の蔭に笹鳴の鶯*が見え隠れするのが見えた。

ジュッ、ジュッ、堯は鎌首をもたげて、口でその啼声を模ねながら、小鳥の様子を見ていた。——彼は自家でカナリヤを飼っていたことがある。

美しい午前の日光が葉をこぼれている。笹鳴は口の音に迷わされてはいるが、そんな場合のカナリヤなどのように、機微な感情は現わさなかった。食慾に肥えふとって、なにか堅いチョッキでも着たような恰好をしている。——堯が模ねをやめると、愛想もなく、下枝の間を渡りながら行ってしまった。

低地を距てて、谷に臨んだ日当りのいいある華族の庭が見えた。黄に枯れた朝鮮芝に赤い蒲団が干してある。——堯は何時になく早起をした午前にうっとりとした。

暫くして彼は、葉が褐色に枯れ落ちている屋根に、つるもどきの赤い実がつややかに露われているのを見ながら、家の門を出た。

風もない青空に、黄に化りきった公孫樹は、静かに影を畳んで休ろうていた。白い化粧煉瓦を張った長い塀が、いかにも澄んだ冬の空気を映していた。その下を孫を負ぶった老婆が緩りゆっくり歩いて来る。

堯は長い坂を下りて郵便局へ行った。日の射し込んでいる郵便局は絶えず扉が鳴り、人びとは朝の新鮮な空気を撒き散らしていた。堯は永い間こんな空気に接しなかったような気がした。

彼は細い坂を緩りゆっくり登った。山茶花の花ややつでの花が咲いていた。堯は十二月になっても蝶がいるのに驚ろいた。それの飛んで行った方角には日光に撒かれた虻の光点が忙しく行き交うていた。

「痴呆のような幸福だ」と彼は思った。そしてうつらうつら日溜りに屈まっていた。——やはりその日溜りの少し離れたところに小さい子供達がなにかして遊んでいた。四五歳の童子や童女達であった。

「見てやしないだろうな」と思いながら堯は浅く水が流れている溝のなかへ痰を吐いた。そして彼等の方へ近づいて行った。女の子であばれているのもあった。男の子で温柔しくしているのもあった。穉い線が石墨で路に描かれていた。——堯はふと、これは何処かで見たことのある情景だと思った。不意に心が揺れた。揺り覚まされた虻が茫漠とした堯の過去へ飛び去った。その麗かな臘月の午前へ。

堯の虻は見つけた。山茶花を。その花片のこぼれるあたりに遊んでいる童子たちを。——それはたとえば彼が半紙などを忘れて学校へ行ったとき、先生に断りを云って急いで自家へ取りに帰って来る、学校は授業中の、なにか珍らしい午前の路であった。そんなときでもなければ垣間見ることを許されなかった、聖なる時刻の有様であった。そう思ってみて堯は微笑んだ。

午後になって、日が何時もの角度に傾くと、この考えは堯を悲しくした。穉いときの古ぼけた写真のなかに、残っていた日向のような弱陽が物象を照していた。希望を持てないものが、どうして追憶を慈むことが出来よう。未来に今朝のような明るさを覚えたことが近頃の自分にあるだろうか。そして今朝の思いつきも何のことはない、ロシアの貴族のように（午後二時頃の朝餐）が生活の習慣になっていたということのいい証拠ではないか。——

彼はまた長い坂を下りて郵便局へ行った。

「今朝の葉書のこと、考えが変ってやめることにしたから、お願いしたこと御中止下さい」

今朝彼は暖い海岸で冬を越すことを想い、そこに住んでいる友人に貸家を捜すことを頼んで遣ったのだった。

彼は激しい疲労を感じながら坂を帰るのにあえいだ。午前の日光のなかで静かに影を畳んでいた公孫樹は、一日が経たないうちにもう凩が枝を疎らにしていた。その落葉が陽を喪った路の上を明るくしている。彼はそれらの落葉にほのかな愛着を覚えた。

堯は家の横の路まで帰って来た。彼の家からはその勾配のついた路は崖上になっている。部屋から眺めているいつもの風景は、今彼の眼前で凩に吹き曝されていた。曇空には雲が暗澹と動いていた。そしてその下に堯は、まだ電燈も来ないある家の二階は、もう戸が鎖されてあるのを見た。戸の木肌はあらわに外面に向って曝されていた。——ある感動で堯はそこに佇んだ。傍らには彼の棲んでいる部屋がある。堯はそれをこれまでついぞ眺めたことのない新らしい感情で眺めはじめた。

電燈も来ないのに早や戸じまりをした一軒の家の二階——戸のあらわな木肌は、不意に堯の心を寄辺のない旅情で染めた。

——食うものも持たない。何処に泊るあてもない。そして日は暮れかかっているが、この他国の町は早や自分を拒んでいる。——

それが現実であるかのような暗愁が彼の心を翳って行った。またそんな記憶が嘗ての自分にあったような、一種訝かしい甘美な気持が堯を切なくした。

何ゆえそんな空想が起って来るのか？　何ゆえその空想がかくも自分を悲しませ、また、かくも親しく自分を呼ぶのか？　そんなことが堯には朧げにわかるように思われた。

肉を炙る香ばしい匂が夕凍みの匂に混って来た。一日の仕事を終えたらしい大工のような人が、息を吐く微かな音をさせながら、堯にすれちがってすたすたと坂を登って行った。

「俺の部屋はあすこだ」

堯はそう思いながら自分の部屋に目を注いだ。薄暮に包まれているその姿は、今エーテル*のように風景に拡って、ゆく虚無に対しては、何の力でもないように眺められた。

「俺が愛した部屋。俺が其処に棲むのをよろこんだ部屋。あのなかには俺の一切の所持品が――ふとするとその日その日の生活の感情までが内蔵されているかも知れない。が此処（ここ）から声をかければ、その幽霊があの窓をあけて首を差伸べそうな気さえする。が然（しか）しそれも、脱ぎ棄（す）てた宿屋の褞袍（どてら）がいつしか自分自身の身体をそのなかに髣髴させて来る作用と僅（わず）かもちがったことはないではないか。あの無感覚な屋根瓦（やねがわら）や窓硝子（まどガラス）をこうしてじっと見ていると、俺はだんだん通行人のような心になって来る。あの無感覚な外囲は自殺しかけている人間をそのなかに蔵（かく）しているときもやはりあの通りにちがいないのだ。――と云って、自分は先刻の空想が俺を呼ぶのに従ってこのまま此処を歩み去ることも出来ない。

早く電燈でも来ればよい。あの窓の磨（すり）硝子が黄色い灯を滲（にじ）ませれば、与えられた生命に満足している人間を部屋のなかに、この通行人の心は想像するかも知れない。その幸福を信じる力が起って来るかも知れない」

路に佇んでいる堯の耳に階下の柱時計の音がボンボン……と伝わって来た。変なものを聞いた、と思いながら彼の足はとぼとぼと坂を下って行った。

四

街路樹から次には街路から、風が枯葉を掃ってしまったあとは風の音も変って行った。夜になると街のアスファルトは鉛筆で光らせたように凍てはじめた。そんな夜を堯は自分の静かな町から銀座へ出かけて行った。其処では華ばなしいクリスマスや歳末の売出しがはじまっていた。

友達か恋人か家族か、鋪道の人はそのほとんどが連れを携えていた。連れのない人間の顔は友達に出会う当を持っていた。そして本当に連れがなくとも金と健康を持っている人に、この物慾の市場が悪い顔をする筈のものではないのであった。

「何をしに自分は銀座へ来るのだろう」

堯は鋪道が早くも疲労ばかりしか与えなくなりはじめるとよくそう思った。堯はそんなとき何時か電車のなかで見たある少女の顔を思い浮べた。

その少女はつつましい微笑を泛べて彼の座席の前で釣革に下がっていた。どてらのように身体に添っていない着物から「お姉さん」のような首が生えていた。その美しい顔は一と眼で彼女が何病だかを直感させた。陶器のように白い皮膚を翳らせている多いうぶ毛。鼻孔のまわりの垢。

「彼女はきっと病床から脱け出して来たものに相違ない」

少女の面を絶えず漣漪のように起っては消える微笑を眺めながら尭はそう思った。彼女が鼻をかむようにして拭きとっているのは何か。灰を落したストーヴのように、そんなとき彼女の顔には一時鮮かな血がのぼった。

自身の疲労とともにだんだんいじらしさを増して行くその娘の像を抱きながら、銀座では尭は自分の痰を吐くのに困った。まるでものを云う度口から蛙が跳出すグリムお伽噺の娘のように。

彼はそんなとき一人の男が痰を吐いたのを見たことがある。不意に貧しい下駄が出て来てそれをすりつぶした。が、それは足が穿いている下駄ではなかった。路傍に茣蓙を敷いてブリキの独楽を売っている老人が、さすがに怒りを浮べながら、その下駄を茣蓙の端のも一つの上へ重ねるところを彼は見たのである。

「見たか」そんな気持で尭は行き過ぎる人びとを振返った。が、誰もそれを見た人はなさそうだった。老人の坐っているところは、それが往来の目に入るにはあまりに近すぎた。それでなくても老人の売っているブリキの独楽はもう田舎の駄菓子屋ででも陳腐なものにちがいなかった。堯は一度もその玩具が売れたのを見たことがなかった。

「何をしに自分は来たのだ」

彼はそれが自分自身への口実の、珈琲や牛酪やパンや筆を買ったあとで、ときには憤怒のようなものを感じながら高価な仏蘭西香料を買ったりするのだった。またときには露店が店を畳む時刻まで街角のレストランに腰をかけていた。ストーヴに暖められ、ピアノトリオに浮き立って、グラスが鳴り、流眄が光り、笑顔が湧き立っているレストランの天井には、物憂い冬の蠅が幾匹も舞っていた。所在なくそんなものまで見ているのだった。

「何をしに自分は来たのだ」

街へ出ると吹き通る空っ風がもう人足を疎らにしていた。宵のうち人びとが摑まされたビラの類が不思議に街の一と所に吹き溜められていたり、吐いた痰が直ぐに凍り、落ちた下駄の金具にまぎれてしまったりする夜更を、彼は結局は家へ帰らねばならないのだった。

「何をしに自分は来たのだ」

それは彼のなかに残っている古い生活の感興にすぎなかった。やがて自分は来なくなるだろう。堯は重い疲労とともにそれを感じた。

彼が部屋で感覚する夜は、昨夜も一昨夜も恐らくは明晩もない、病院の廊下のように長く続いた夜だった。そこでは古い生活は死のような空気のなかで停止していた。思想は書棚を埋める壁土にしか過ぎなかった。壁にかかった星座早見表は午前三時が十月二十何日に目盛をあわせたまま埃をかぶっていた。夜更けて彼が便所へ通うと、小窓の外の屋根瓦には月光のような霜が置いている。それを見るときにだけ彼の心はほーっと明るむのだった。

固い寝床はそれを離れると午後にはじまる一日が待っていた。傾いた冬の日が窓のそとのまのあたりを幻燈のように写し出している、その毎日であった。そしてその不思議な日射しはだんだんすべてのものが仮象にしか過ぎないということや、仮象であるゆえ精神的な美しさに染められているのだということを露骨にして来るのだった。枇杷が花をつけ、遠くの日溜りからは橙の実が目を射った。そして初冬の時雨はもう霰となって軒をはしった。

霰はあとからあとへ黒い屋根瓦を打ってはころころ転った。トタン屋根を撲つ音。やつでの葉を弾く音。枯草に消える音。やがてサァーというそれが世間に降っている音がきこえ出す。と、白い冬の面紗を破って近くの邸からは鶴の啼声が起った。堯の心もそんなときにはなにか新鮮な喜びが感じられるのだった。彼は窓際に倚って風狂というものが存在した古い時代のことを思った。しかしそれを自分の身に当嵌めることは堯には出来なかった。

五

何時の隙にか冬至が過ぎた。そんなある日堯は長らく寄りつかなかった、以前住んでいた町の質店へ行った。金が来たので冬の外套を出しに出掛けたのだった。が、行ってみるとそれはすでに流れたあとだった。

「××どんあれは何時頃だったけ」

「へい」

暫く見ない間にすっかり大人びた小店員が帳簿を繰った。

堯はその口上が割合すらすら出て来る番頭の顔が変に見え出した。或る瞬間には彼が非常な云憎さを押隠して云っているように見え、ある瞬間にはいかにも平気に云っているように見えた。彼は人の表情を読むのにこれ程戸惑ったことはないと思った。いつもは好意のある世間話をしてくれる番頭だった。

堯は番頭の言葉によって幾度も彼が質店から郵便を受けていたのをはじめて現実に

思い出した。硫酸に侵されているような気持の底で、そんなことをこの番頭に聞かしたらというような苦笑も感じながら、彼もやはり番頭のような無関心を顔に装って一通りそれと一緒に処分されたものを聞くと、彼はその店を出た。

一匹の痩せ衰えた犬が、霜解の路ばたで醜い腰附を慄わせながら、糞をしようとしていた。尭はなにか露悪的な気持にじりじり迫られるのを感じながら、嫌悪に堪えたその犬の身体つきを、終るまで見ていた。長い帰りの電車のなかでも、彼はしじゅう崩壊に屈しようとする自分を堪えていた。そして電車を降りて見ると、家を出るとき持って出た筈の洋傘は――彼は持っていなかった。

あてもなく電車を追おうとする眼を彼は反射的にそらせた。重い疲労を引摺りながら、夕方の道を帰って来た。その日町へ出るとき赤いものを吐いた、それが路ばたの槿の根方にまだひっかかっていた。尭には微かな身慄いが感じられた。――吐いたときには悪いことをしたとしか思わなかったその赤い色に。――

夕方の発熱時が来ていた。冷い汗が気味悪く腋の下を伝った。彼は袴も脱がぬ外出姿のまま凝然と部屋に坐っていた。

突然匕首のような悲しみが彼に触れた。次から次へ愛するものを失って行った母の、ときどきするとぼけたような表情を思い浮べると、彼は静かに泣きはじめた。

夕餉(ゆうげ)をしたために階下へ降りる頃は、彼の心はもはや冷静に帰っていた。そこへ友達の折田というのが訪ねて来た。食欲はなかった。彼は直ぐ二階へあがった。

折田は壁にかかっていた、星座表を下ろして来て頻(しき)りに目盛を動かしていた。

「よう」

折田はそれには答えず、

「どうだ。雄太じゃあないか」

それから顔をあげようとしなかった。堯はふと息を嚥(の)んだ。彼にはそれが如何(いか)に壮大な眺めであるかが信じられた。

「休暇になったから郷里へ帰ろうと思ってやって来た」

「もう休暇かね。俺はこんどは帰らないよ」

「どうして」

「帰りたくない」

「うちからは」

「うちへは帰らないと手紙出した」

「旅行でもするのか」

「いや、そうじゃない」

折田はぎろと堯の目を見返したまま、もうその先を訊かなかった。が、友達の噂学校の話、久濶の話は次第に出て来た。

「この頃学校じゃあ講堂の焼跡を毀してるんだ。それがね、労働者が鶴嘴を持って焼跡の煉瓦壁へ登って……」

その現に自分の乗っている煉瓦壁へ鶴嘴を揮っている労働者の姿を、折田は身振をまぜて描き出した。

「あと一と衝きというところまでは、その上にいて鶴嘴をあてている。それから安全なところへ移って一つぐゎんとやるんだ。すると大きい奴がどどーんと落ちて来る」

「ふーん。なかなか面白い」

「面白いよ。それで大変な人気だ」

堯らは話をしているといくらでも茶を飲んだ。が、へいぜい自分の使っている茶碗で頻りに茶を飲む折田を見ると、その度彼は心が話からそれる。その拘泥がだんだん重く堯にのしかかって来た。

「君は肺病の茶碗を使うのが平気なのかい。咳をする度にバイキンはたくさん飛んでいるし。——平気なんだったら衛生の観念が乏しいんだし、友達甲斐にこらえているんだったら子供みたいな感傷主義に過ぎないと思うな——僕はそう思う」

云ってしまって堯は、なぜこんないやなことを云ったのかと思った。折田は目を一度ぎろとさせたまま黙っていた。

「しばらく誰も来なかったかい」

「しばらく誰も来なかった」

「来ないとひがむかい」

こんどは堯が黙った。が、そんな言葉で話し合うのが堯にはなぜか快かった。

「ひがみはしない。しかし俺もこの頃は考え方が少しちがって来た」

「そうか」

堯はその日の出来事を折田に話した。

「俺はそんなときどうしても冷静になれない。冷静というものは無感動じゃなくて、俺にとっては感動だ。苦痛だ。しかし俺の生きる道は、その冷静で自分の肉体や自分の生活が滅びてゆくのを見ていることだ」

「…………」

「自分の生活が壊れてしまえば本当の冷静は来ると思う。水底の岩に落（おち）つく木の葉かな……」

「丈草（じょうそう）だね。……そうか、しばらく来なかったな」

「そんなこと。……しかしこんな考えは孤独にするな」

「俺は君がそのうちに転地でもするような気になるといいと思うな。正月には帰れと云って来ても帰らない積りか」

「帰らない積りだ」

珍しく風のない静かな晩だった。そんな夜は火事もなかった。二人が話をしていると、戸外にはときどき小さい呼子のような声のものが鳴いた。

十一時になって折田は帰って行った。帰るきわに彼は紙入のなかから乗車割引券を二枚、「学校へとりにゆくのも面倒だろうから」と云って尭に渡した。

六

母から手紙が来た。

――お前にはなにか変ったことがあるにちがいない。それで正月上京なさる津枝さんにお前を見舞って頂くことにした。その積りでいなさい。

帰らないと云うから春着を送りました。今年は胴着を作って入れておいたが、胴着は着物と襦袢の間に着るものです。じかに着てはいけません。――津枝というのは母の先生の子息で今は大学を出て医者をしていた。が、嘗て堯にはその人に兄のような思慕を持っていた時代があった。

堯は近くへ散歩に出ると、近頃は殊に母の幻覚に出会った。母だ！　と思ってそれが見も知らぬ人の顔であるとき、彼はよく変なことを思った。――すーっと変ったようだった。また母がもう彼の部屋へ来て坐りこんでいる姿が目にちらつき、家へ引返したりした。が、来たのは手紙だった。そして来るべき人は津枝だった。堯の幻覚はやんだ。

街を歩くと堯は自分が敏感な水準器になってしまったのを感じた。彼はだんだん呼吸が切迫して来る自分に気がつく。そして振返って見るとその道は彼が知らなかった程の傾斜をしているのだった。彼は立停ると激しく肩で息をした。ある切ない塊が胸を下ってゆくまでには、必ずどうすればいいのかわからない息苦しさを一度経なければならなかった。それが鎮まると堯はまた歩き出した。

何が彼を駆るのか。それは遠い地平へ落ちて行く太陽の姿だった。

彼の一日は低地を距てた灰色の洋風の木造家屋に、どの日もどの日も消えてゆく冬の日に、もう堪えきることが出来なくなった。窓の外の風景が次第に蒼ざめた空気のなかへ没してゆくとき、それが既にただの日蔭ではなく、夜と名附けられた日蔭だという自覚に、彼の心は不思議ないらだちを覚えて来るのだった。

「ああ大きな落日が見たい」

彼は家を出て遠い展望のきく場所を捜した。歳暮の町には餅搗きの音が起っていた。花屋の前には梅と福寿草をあしらった植木鉢が並んでいた。そんな風俗画は、町がどこをどう帰っていいかわからなくなりはじめるにつれて、だんだん美しくなった。自分のまだ一度も踏まなかった路――其処では米を磨いでいる女も喧嘩をしている子供も彼を立停まらせた。が、見晴らしはどこへ行っても、大きな屋根の影絵があり、夕焼空に澄んだ梢があった。その度、遠い地平へ落ちてゆく太陽の隠された姿が切ない彼の心に写った。

日の光に満ちた空気は地上を僅かも距っていなかった。彼の満たされない願望は、ときに高い屋根の上へのぼり、空へ手を伸している男を想像した。男の指の先はその空気に触れている。――また彼は水素を充した石鹸玉が、蒼ざめた人と街とを昇天させながら、その空気のなかへパッと七彩に浮び上る瞬間を想像した。

青く澄み透った空では浮雲が次から次へ美しく燃えていった。みたされない堯の心の熾にも、やがてその火は燃えうつった。

「こんなに美しいときが、なぜこんなに短いのだろう」

彼はそんなときほどはかない気のするときはなかった。燃えた雲はまたつぎつぎに死灰になりはじめた。彼の足はもう進まなかった。

「あの空を満してゆく影は地球のどの辺の影になるかしら。あすこの雲へゆかないかぎり今日ももう日は見られない」

にわかに重い疲れが彼に凭りかかる。知らない町の知らない町角で、堯の心はもう再び明るくはならなかった。

（一九二七年三月）

桜の樹（き）の下には

桜の樹の下には屍体が埋まっている！

これは信じていいことなんだよ。何故って、桜の花があんなにも見事に咲くなんて信じられないことじゃないか。俺はあの美しさが信じられないので、この二三日不安だった。しかしいま、やっとわかるときが来た。桜の樹の下には屍体が埋まっている。これは信じていいことだ。

どうして俺が毎晩家へ帰って来る道で、俺の部屋の数ある道具のうちの、選りに選ってちっぽけな薄っぺらいもの、安全剃刀の刃なんぞが、千里眼のように思い浮んで来るのか——お前はそれがわからないと云ったが——そして俺にもやはりそれがわからないのだが——それもこれもやっぱり同じようなことにちがいない。

一体どんな樹の花でも、所謂真っ盛りという状態に達すると、あたりの空気のなかへ一種神秘な雰囲気を撒き散らすものだ。それは、よく廻った独楽が完全な静止に澄むように、また、音楽の上手な演奏がきまってなにかの幻覚を伴うように、灼熱した生殖の幻覚させる後光のようなものだ。それは人の心を撲たずにはおかない、不思議な、生き生きとした、美しさだ。

しかし、昨日、一昨日、俺の心をひどく陰気にしたものもそれなのだ。俺にはその美しさがなにか信じられないもののような気がした。俺は反対に不安になり、憂鬱になり、空虚な気持になった。しかし、俺はいまやっとわかった。

お前、この爛漫と咲き乱れている桜の樹の下へ、一つ一つ屍体が埋まっていると想像して見るがいい。何が俺をそんなに不安にしていたかがお前には納得が行くだろう。

馬のような屍体、犬猫のような屍体、そして人間のような屍体、屍体はみな腐爛して蛆が湧き、堪らなく臭い。それでいて水晶のような液をたらたらとたらしている。桜の根は貪婪な蛸のように、それを抱きかかえ、いそぎんちゃくの食糸のような毛根を聚めて、その液体を吸っている。

何があんな花弁を作り、何があんな蕊を作っているのか、俺は毛根の吸いあげる水晶のような液が、静かな行列を作って、維管束のなかを夢のようにあがってゆくのが見えるようだ。

——お前は何をそう苦しそうな顔をしているのだ。美しい透視術じゃないか。俺はいまようやく瞳を据えて桜の花が見られるようになったのだ。昨日、一昨日、俺を不安がらせた神秘から自由になったのだ。

二三日前、俺は、ここの渓へ下りて、石の上を伝い歩きしていた。*水のしぶきのなかからは、あちらからもこちらからも、薄羽かげろうがアフロディットのように生れて来て、渓の空をめがけて舞い上ってゆくのが見えた。お前も知っているとおり、彼等はそこで美しい結婚をするのだ。暫らく歩いていると、俺は変なものに出喰わした。それは渓の水が乾いた磧へ、小さい水溜を残している、その水のなかだった。思いがけない石油を流したような光彩が、一面に浮いているのだ。お前はそれを何だったと思う。それは何万匹とも数の知れない、薄羽かげろうの屍体だったのだ。隙間なく水の面を被っている、彼等のかさなりあった翅が、光にちぢれて油のような光彩を流しているのだ。そこが、産卵を終った彼等の墓場だったのだ。

俺はそれを見たとき、胸が衝かれるような気がした。墓場を発いて屍体を嗜む変質者のような惨忍なよろこびを俺は味わった。

この渓間ではなにも俺をよろこばすものはない。鶯や四十雀も、白い日光をさ青に煙らせている木の若芽も、ただそれだけでは、もうろうとした心象に過ぎない。俺には惨劇が必要なんだ。その平衡があって、はじめて俺の心象は明確になって来る。俺の心は悪鬼のように憂鬱に渇いている。俺の心に憂鬱が完成するときにばかり、俺の心は和んで来る。

――お前は腋(わき)の下を拭(ふ)いているね。冷汗が出るのか。それは俺も同じことだ。何もそれを不愉快がることはない。べたべたとまるで精液のようだと思ってごらん。それで俺達の憂鬱は完成するのだ。

ああ、桜の樹の下には屍体が埋まっている！

一体どこから浮んで来た空想かさっぱり見当のつかない屍体が、いまはまるで桜の樹と一つになって、どんなに頭を振っても離れてゆこうとはしない。

今こそ俺は、あの桜の樹の下で酒宴をひらいている村人たちと同じ権利で、花見の酒が呑(の)めそうな気がする。

（一九二七年十月）

器楽的幻覚

ある秋仏蘭西から来た年若い洋琴家がその国の伝統的な技巧で豊富な数の楽曲を冬にかけて演奏して行ったことがあった。そのなかには独逸の古典的な曲目もあったが、これまで噂ばかりで稀にしか聴けなかった多くの仏蘭西系統の作品が齎らされていた。私が聴いたのは何週間にもわたる六回の連続音楽会であったが、それはホテルのホールが会場だったので聴衆も少なく、そのため静かなこんもりした感じのなかで聴くことが出来た。回数を積むにつれて私は会場にも、周囲の聴衆の頭や横顔の恰好にも慣れて、教室へ出るような親しさを感じた。そしてそのような制度の音楽会を好もしく思った。

*

その終りに近いあるアーベントのことだった。その日私はいつもにない落ちつきと頭の澄明を自覚しながら会場へはいった。そして第一部の長いソナタを一小節も聴き落すまいとしながら聴き続けて行った。それが終ったとき、私は自分をそのソナタの全感情のなかに没入させることが出来たことを感じた。私はその夜床へはいってからの不眠や、不眠のなかで今の幸福に倍する苦痛をうけなければならないことを予感したが、その時私の陥っていた深い感動にはそれは何の響きも与えなかった。

休憩の時間が来たとき私は離れた席にいる友達に目眴せをして人びとの肩の間を屋外に出た。その時間私とその友達とは音楽に何の批評をするでもなく黙り合って煙草を吸うのだったが、何時の間にか私達の間できまりになってしまった各々の孤独ということも、その晩そのときにとっては非常に似つかわしかった。そうして黙って気を鎮めていると私は自分を捕えている強い感動が一種無感動に似た気持を伴って来ていることを感じた。煙草を出す。口にくわえる。そして静かにそれを吹かすのが、いかにも「何の変ったこともない」感じなのであった。――燈火を赤く反映している夜空も、そのなかにときどき写る青いスパークも。……しかし何処かからきこえて来た軽はずみな口笛がいまのソナタに何回も繰返されるモティイフを吹いているのをきいたとき、私の心が鋭い嫌悪にかわるのを、私は見た。

休憩の時間を残しながら席に帰った私は、すいた会場のなかに残っている女の人の顔などをぼんやり見たりしながら、心がやっと少しずつ寛解して来たのを覚えていた。しかしやがてベルが鳴り、人びとが席に帰って、元のところへもとの頭が並んでしまうと、それも私にはわからなくなってしまうのだった。私の頭はなにか凍ったようで、はじまろうとしている次の曲目をへんに重苦しく感じていた。こんどは主に近代や現代の短い仏蘭西の作品が次つぎに弾かれて行った。

演奏者の白い十本の指があるときは泡を嚙んで進んでゆく波頭のように、あるときは戯れ合っている家畜のように鍵盤に挑みかかっていた。それがときどき演奏者の意志からも鳴り響いている音楽からも遊離して動いているように感じられた。そうかと思うと私の耳は不意に音楽を離れて、息を凝らして聴き入っている会場の空気に触れたりした。よくあることではじめは気にならなかったが、プログラムが終りに近づいてゆくにつれてそれはだんだん顕著になって来た。明らかに今夜は変だと私は思った。私は疲れていたのだろうか？　そうではなかった。心は緊張し過ぎるほど緊張していた。一つの曲目が終って皆が拍手をするとき私は癖で大抵の場合じっとしているのだったが、この夜は殊に強いられたように凝然としていた。するとどよめきに沸き返りまたすーっと収まってゆく場内の推移が、なにか一つの長い音楽のなかで起ることのように私の心に写りはじめた。

読者は幼時こんな悪戯をしたことはないか。それは人びとの喧噪のなかに囲まれているとき、両方の耳に指で栓をしてそれを開けたり閉じたりするのである。するとグワウッ――グワウッという喧噪の断続とともに人びとの顔がみな無意味に見えてゆく。人びとは誰もそんなことを知らず、またそんななかに陥っている自分に気がつかない。――丁度それに似た孤独感が遂に突然の烈しさで私を捕えた。それは演奏者の右手が高いピッチのピアニッシモに細かく触れているときだった。人びとは一斉に息を殺してその微妙な音に絶え入っていた。ふとその完全な窒息に眼覚めたとき、愕然と私はしたのだ。

「なんという不思議だろうこの石化は？　今なら、あの白い手がたとえあの上で殺人を演じても、誰一人叫び出そうとはしないだろう」

私は寸時まえの拍手とざわめきとをあたかも夢のように思い浮べた。それは私の耳にも目にもまだはっきり残っていた。あんなにざわめいていた人びとが今のこの静けさ――私にはそれが不思議な不思議なことに思えた。そして人びとは誰一人それを疑おうともせずひたむきに音楽を追っている。云いようもないはかなさが私の胸に沁みて来た。私は涯もない孤独を思い浮べていた。音楽会――音楽会を包んでいる大きな都会――世界。……小曲は終った。木枯のような音が一しきり過ぎて行った。そのあとはまたもとの静けさのなかで音楽が鳴り響いて行った。もはやすべてが私には無意味だった。幾たびとなく人びとがわっわっとなってはまたすーっとなって行ったことが何を意味していたのか夢のようだった。

最後の拍手とともに人びとが外套と帽子を持って席を立ちはじめる会の終りを、私は病気のような寂寥感で人びとの肩に伍して出口の方へ動いて行った。出口の近くで太い首を持った背広服の肩が私の前へ立った。私はそれが音楽好きで名高い侯爵だということをすぐ知った。そしてその服地の匂いが私の寂寥を打ったとき、何事だろう、その威厳に充ちた姿はたちまち萎縮してあえなくその場に仆れてしまった。私は私の意志からでない同様の犯行を何人もの心に加えることに云いようもない憂鬱を感じながら、玄関に私を待っていた友達と一緒になるために急いだ。その夜私は私達がそれからいつも歩いて出ることにしていた銀座へは行かないで一人家へ歩いて帰った。私の予感していた不眠症が幾晩も私を苦しめたことは云うまでもない。

（一九二七年十一月）

蒼穹（そうきゅう）

ある晩春の午後、私は村の街道に沿った土堤の上で日を浴びていた。空にはながらく動かないでいる巨きな雲があった。その雲はその地球に面した側に藤紫色をした陰翳を持っていた。そしてその尨大な容積やその藤紫色をした陰翳はなにかしら茫漠とした悲哀をその雲に感じさせた。

私の坐っているところはこの村でも一番広いとされている平地の縁に当っていた。山と渓とがその大方の眺めであるこの村では、どこを眺めるにも勾配のついた地勢でないものはなかった。風景は絶えず重力の法則に脅かされていた。そのうえ光と影の移り変りは渓間にいる人に始終慌しい感情を与えていた。そうした村のなかでは、渓間からは高く一日日の当るこの平地の眺めほど心を休めるものはなかった。私にとってはその終日日に倦いた眺めが悲しいまでノスタルジックだった。Lotus-eater*の住んでいるという何時も午後ばかりの国――それが私には想像された。

雲はその平地の向うの果である雑木山の上に横たわっていた。雑木山では絶えず杜鵑が鳴いていた。その麓に水車が光っているばかりで、眼に見えて動くものはなく、うらうらと晩春の日が照り渡っている野山には静かな懶さばかりが感じられた。そして雲はなにかそうした安逸の非運を悲しんでいるかのように思われるのだった。

私は眼を渓の方の眺めへ移した。私の眼の下ではこの半島の中心の山彙からわけ出て来た二つの渓が落合っていた。二つの渓の間へ楔子のように立っている山と、前方を屏風のように塞いでいる山との間には、一つの渓をその上流へかけて十二単衣のような山褶が交互に重なっていた。そしてその涯には一本の巨大な枯木をその巓に持っている、そしてそのために殊更感情を高めて見える一つの山が聳えていた。日は毎日二つの渓を渡ってその山へ落ちてゆくのだったが、午後早い日は今やっと一つの渓を渡ったばかりで、渓と渓との間に立っている山の此方側が死のような影に安らっているのが殊更眼立っていた。三月の半ば頃私はよく山を蔽った杉林から山火事のような煙が起るのを見た。それは日のよくあたる風の吹く、ほどよい湿度と温度が幸いする日、杉林が一斉に飛ばす花粉の煙であった。しかし今既に受精を終った杉林の上には褐色がかった落ちつきが出来ていた。瓦斯体のような若芽に煙っていた欅や楢の緑にももう初夏らしい落ちつきがあった。闌けた若葉が各々影を持ち瓦斯体のような夢はもうなかった。ただ渓間にむくむくと茂っている椎の樹が何回目かの発芽で黄な粉をまぶしたようになっていた。

そんな風景のうえを遊んでいた私の眼は、二つの渓をへだてた杉山の上から青空の透いて見えるほど淡い雲が絶えず湧いて来るのを見たとき、不知不識そのなかへ吸い込まれて行った。湧き出て来る雲は見る見る日に輝いた巨大な姿を空のなかへ拡げるのであった。

それは一方からの尽きない生成とともにゆっくり旋回していた。また一方では捲きあがって行った縁が絶えず青空のなかへ消え込むのだった。こうした雲の変化ほど見る人の心に云い知れぬ深い感情を喚び起すものはない。その変化を見極めようとする眼はいつもその尽きない生成と消滅のなかへ溺れ込んでしまい、ただそればかりを繰返しているうちに、不思議な恐怖に似た感情がだんだん胸へ昂まって来る。その感情は喉を詰らせるようになって来、身体からは平衡の感じがだんだん失われて来、若しそんな状態が長く続けば、そのある極点から、自分の身体は奈落のようなもののなかへ落ちてゆくのではないかと思われる。それも花火に仕掛けられた紙人形のように、身体のあらゆる部分から力を失って。——

私の眼はだんだん雲との距離を絶して、そう云った感情のなかへ巻き込まれて行った。そのとき私はふとある不思議な現象に眼をとめたのである。それは雲の湧いて出るところが、影になった杉山の直ぐ上からではなく、そこからかなりの距りを持ったところにあったことであった。そこへ来てはじめて薄り見えはじめる。それから見る見る巨きな姿をあらわす。――

私は空のなかに見えない山のようなものがあるのではないかというような不思議な気持に捕えられた。そのとき私の心をふとかすめたものがあった。それはこの村でのある闇夜の経験であった。

その夜私は提灯も持たないで闇の街道を歩いていた。それは途中にただ一軒の人家しかない、そしてその家の燈がちょうど戸の節穴から写る戸外の風景のように見えている、大きな闇のなかであった。街道へその家の燈が光を投げている。そのなかへ突然姿をあらわした人影があった。おそらくそれは私と同じように提灯を持たないで歩いていた村人だったのであろう。私は別にその人影を怪しいと思ったのではなかった。しかし私はなんということなく凝っとその人影が闇のなかへ消えてゆくのを眺めていたのである。その人影は背に負った光をだんだん失いながら消えて行った。網膜だけの感じになり、闇のなかの想像になり――遂にはその想像もふっつり断ち切れてしまった。そのとき私は『何処』というもののない闇に微かな戦慄を感じた。その闇のなかへ同じような絶望的な順序で消えて行く私自身を想像し、云い知れぬ恐怖と情熱を覚えたのである。――

その記憶が私の心をかすめたとき、突然私は悟った。雲が湧き立っては消えてゆく空のなかにあったものは、見えない山のようなものでもなく、不思議な岬のようなものでもなく、なんという虚無！　白日の闇が満ち充ちているのだということを。私の眼は一時に視力を弱めたかのように、私は大きな不幸を感じた。濃い藍色に煙りあがったこの季節の空は、そのとき、見れば見るほどただ闇としか私には感覚出来なかったのである。

（一九二八年二月）

筧（かけひ）の話

私は散歩に出るのに二つの路を持っていた。一つは渓に沿った街道で、もう一つは街道の傍から渓に懸った吊橋を渡って入ってゆく山径だった。街道は展望を持っていたがそんな道の性質として気が散り易かった。それに比べて山径の方は陰気ではあったが心を静かにした。どちらへ出るかはその日その日の気持が決めた。

しかし、いま私の話は静かな山径の方をえらばなければならない。

吊橋を渡ったところから径は杉林のなかへ入ってゆく。杉の梢が日を遮り、この径にはいつも冷たい湿っぽさがあった。ゴチック建築*のなかを辿ってゆくときのような、犇ひしと迫って来る静寂と孤独とが感じられた。私の眼はひとりでに下へ落ちた。径の傍らには種々の実生や蘚苔、羊歯の類がはえていた。この径ではそう云った矮小な自然がなんとなく親しく――彼等が陰湿な会話をはじめるお伽噺のなかでのように、眺められた。また径の縁には赤土の露出が雨滴にたたかれて、ちょうど風化作用に骨立った岩石そっくりの恰好になっているところがあった。その削り立った峰の頂にはみな一つずつ小石が載っかっていた。ここへは、しかし、日が全く射して来ないのではなかった。梢の隙間を洩れて来る日光が、径のそこここや杉の幹へ、蠟燭で照らしたような弱い日なたを作っていた。歩いてゆく私の頭の影や肩先の影がそんななかへ現われては消えた。なかには「まさかこれまでが」と思うほどの淡いのが草の葉などに染まっていた。試しに杖をあげて見るとささくれまでがはっきりと写った。

この径を知ってから間もなくの頃、ある期待のために心を緊張させながら、私はこの静けさのなかを殊に屡々歩いた。私が目ざしてゆくのは杉林の間からいつも氷室から来るような冷気が径へ通っているところだった。一本の古びた筧がその奥の小暗いなかからおりて来ていた。耳を澄まして聴くと、幽かなせせらぎの音がそのなかにきこえた。私の期待はその水音だった。

どうした訳で私の心がそんなものに惹きつけられるのか。心がわけても静かだったある日、それを聞き澄ましていた私の耳がふとそのなかに不思議な魅惑がこもっているのを知ったのである。その後追おいに気づいて行ったことなのであるが、この美しい水音を聴いていると、その辺りの風景のなかに変な錯誤が感じられて来るのであった。香もなく花も貧しいのぎ蘭がそのところどころに生えているばかりで、杉の根方はどこも暗く湿っぽかった。そして筧といえばやはりあたりと一帯の古び朽ちたものをその間に横えているに過ぎないのだった。「そのなかからだ」と私の理性が信じていても、澄み透った水音にしばらく耳を傾けていると、聴覚と視覚との統一はすぐばらばらになってしまって、変な錯誤の感じとともに、訝かしい魅惑が私の心を充たして来るのだった。

私はそれによく似た感情を、露草の青い花を眼にするとき経験することがある。草叢の緑とまぎれやすいその青は不思議な惑わしを持っている。私はそれを、露草の花が青空や海と共通の色を持っているところから起る一種の錯覚だと快く信じているのであるが、見えない水音の醸し出す魅惑はそれにどこか似通っていた。

すばしこく枝移りする小鳥のような不定さは私をいらだたせた。蜃気楼のようなはかなさは私を切なくした。そして深秘はだんだん深まってゆくのだった。私に課せられている暗鬱な周囲のなかで、やがてそれは幻聴のように鳴りはじめた。束の間の閃光が私の生命を輝かす。そのたび私はあっあっと思った。それは、しかし、無限の生命に眩惑されるためではなかった。私は深い絶望をまのあたりに見なければならなかったのである。何という錯誤だろう！　私は物体が二つに見える酔っ払いのように、同じ現実から二つの表象を見なければならなかったのだ。しかもその一方は理想の光に輝かされ、もう一方は暗黒の絶望を背負っていた。そしてそれらは私がはっきりと見ようとする途端一つに重なって、またもとの退屈な現実に帰ってしまうのだった。

また私の耳も日によってはまるっ筧は雨がしばらく降らないと水が涸れてしまう。

きり無感覚のことがあった。そして花の盛りが過ぎてゆくのと同じように、何時の頃からか筧にはその深秘がなくなってしまい、私ももうその傍に佇むことをしなくなった。しかし私はこの山径を散歩しそこを通りかかる度に自分の宿命について次のようなことを考えないではいられなかった。

「課せられているのは永遠の退屈だ。生の幻影は絶望と重なっている」

（一九二八年二月）

冬の蠅（はえ）

冬の蝿とは何か？

よぼよぼと歩いている蝿。指を近づけても逃げない蝿。そして飛べないのかと思っているとやはり飛ぶ蝿。彼等は一体何処で夏頃の不逞さや憎々しいほどのすばしこさを失って来るのだろう。色は不鮮明に黝んで、翅体は萎縮している。汚い臓物で張切っていた腹は紙撚のように痩せ細っている。そんな彼等がわれわれの気もつかないような夜具の上などを、いじけ衰えた姿で匍っているのである。

冬から早春にかけて、人は一度ならずそんな蝿を見たにちがいない。それが冬の蝿である。私はいま、この冬私の部屋に棲んでいた彼等から一篇の小説を書こうとしている。

1

冬が来て私は日光浴をやりはじめた。渓間の温泉宿なので日が翳り易い。渓の風景は朝遅くまでは日影のなかに澄んでいる。やっと十時頃渓向うの山に堰きとめられていた日光が閃々と私の窓を射はじめる。窓を開けて仰ぐと、渓の空は虻や蜂の光点が忙がしく飛び交っている。白く輝いた蜘蛛の糸が弓形に膨らんで幾条も幾条も流れてゆく。（その糸の上には、何という小さな天女！　蜘蛛が乗っているのである。彼等はそうして自分等の身体を渓の此方岸から彼方岸へ運ぶものらしい）昆虫。昆虫。初冬といっても彼等の活動は空に織るようである。日光が樫の梢に染まりはじめる。するとその梢からは白い水蒸気のようなものが立騰る。霜が溶けるのだろうか。溶けた霜が蒸発するのだろうか。いや、それも昆虫である。微粒子のような羽虫がそんな風に群がっている。そこへ日が当ったのである。

私は開け放った窓のなかで半裸体の自体を晒しながら、そうした内湾のように賑やかな渓の空を眺めている。すると彼等がやって来るのである。彼等のやって来るのは私の部屋の天井からである。日蔭ではよぼよぼとしている彼等は日なたのなかへ下りて来るやよみがえったように活気づく。私の脛へひやりととまったり、両脚を挙げて腋の下を掻くような模ねをしたり手を摩りあわせたり、かと思うと弱よわしく飛び立っては絡み合ったりするのである。そうした彼等を見ていると彼等がどんなに日光を怡しんでいるかが憐れなほど理解される。とにかく彼等が嬉戯するような表情をするのは日なたのなかばかりである。それに彼等は窓が明いている間は日なたのなかから一歩も出ようとはしない。日が翳るまで、移ってゆく日なたのなかで遊んでいるのである。虻や蜂があんなにも潑剌と飛び廻っている外気のなかへも決して飛び立とうとはせず、なぜか病人である私を模ねている。しかし何という「生きんとする意志」であろう！　彼等は日光のなかで交尾することを忘れない。恐らく枯死からはそう遠くない彼等が！

日光浴をするとき私の傍らに彼等を見るのは私の日課のようになってしまっていた。私は微かな好奇心と一種馴染の気持から彼等を殺したりはしなかった。また夏の頃のように猛だけしい蠅捕り蜘蛛がやって来るのでもなかった。そうした外敵からは彼等は安全であったと云えるのである。しかし毎日大抵二匹ずつほどの彼等がなくなって行った。それはほかでもない。牛乳の壜である。私は自分の飲みっ放しを日なたのなかへ置いておく。すると毎日決ったようにそのなかへはいって出られない奴が出来た。壜の内側を身体に附著した牛乳を引き摺りながらのぼって来るのであるが、力のない彼等はどうしても中途で落ちてしまう。私は時どきそれを眺めていたりしたが、こちらが「もう落ちる時分だ」と思う頃、蠅も「ああ、もう落ちそうだ」という風に動かなくなる。そして案の定落ちてしまう。それは見ていて決して残酷でなくはなかった。しかしそれを助けてやるというような気持は私の倦怠からは起って来ない。彼等はそのまま女中が下げてゆく。蓋をしておいてやるという注意もなおのこと出来ない。翌日になるとまた一匹ずつはいって同じことを繰返していた。

「蠅と日光浴をしている男」いま諸君の日にはそうした表象が浮んでいるにちがいない。日光浴を書いたついでに私はもう一つの表象「日光浴をしながら太陽を憎んでいる男」を書いてゆこう。

私の滞在はこの冬で二た冬目であった。私は好んでこんな山間にやって来ている訳ではなかった。私は早く都会へ帰りたい。帰りたいと思いながら二た冬もいてしまったのである。何時まで経っても私の「疲労」は私を解放しなかった。私が都会を想い浮べるごとに私の「疲労」は絶望に満ちた街々を描き出す。それは何時になっても変改されない。そしてはじめ心に決めていた都会へ帰る日取りは夙うの昔に過ぎ去ったまま、いまはその影も形もなくなっていたのである。私は日を浴びていても、否、日を浴びるときは殊に、太陽を憎むことばかり考えていた。結局は私を生かさないであろう太陽。しかもうっとりとした生の幻影で私を瞞そうとする太陽。おお、私の太陽。私はだらしのない愛情のように太陽が癪に触った。裘のようなものは、反対に、緊迫衣のように私を圧迫した。狂人のような悶えでそれを引き裂き、私を殺すであろう酷寒のなかの自由をひたすらに私は欲した。

こうした感情は日光浴の際身体の受ける生理的な変化――旺んになって来る血行や、それに随って鈍麻してゆく頭脳や――そう云ったもののなかに確かにその原因を持っている。鋭い悲哀を和らげ、ほかほかと心を怡ます快感は、同時に重っ苦しい不快感である。この不快感は日光浴の済んだあとなんとも云えない虚無的な疲れで病人を打ち敗かしてしまう。恐らくそれへの嫌悪から私のそうした憎悪も胚胎したのかも知れないのである。

しかし私の憎悪はそればかりではなく、太陽が風景へ与える効果――眼からの効果――の上にも形成されていた。

私が最後に都会にいた頃――それは冬至に間もない頃であったが――私は毎日自分の窓の風景から消えてゆく日影に限りない愛惜を持っていた。私は墨汁のようにこみあげて来る悔恨といらだたしさの感情で、風景を埋めてゆく影を眺めていた。そして落日を見ようとする切なさに駆られながら、見透しのつかない街を慌てふためいてうろうろしたのである。今の私にはもうそんな愛惜はなかった。私は日の当った風景の象徴する幸福な感情を否定するのではない。その幸福は今や私を傷ける。私はそれを憎むのである。

渓の向う側には杉林が山腹を蔽っている。私は太陽光線の偽瞞をいつもその杉林で感じた。昼間日が当っているときそれはただ雑然とした杉の秀の堆積としか見えなかった。それが夕方になり光が空からの反射光線に変るとはっきりした遠近にわかれて来るのだった。一本一本の木が犯し難い威厳をあらわして来、しんしんと立ち並び、立ち静まって来るのである。そして昼間は感じられなかった地域が彼処に此処に杉の秀並みの間へ想像されるようになる。渓側にはまた樫や椎の常緑樹に交って一本の落葉樹が裸の枝に朱色の実を垂れて立っていた。その色は昼間は白く粉を吹いたように疲れている。それが夕方になると眼が吸いつくばかりの鮮やかさに冴える。元来一つの物に一つの色彩が固有しているという訳のものではない。だから私はそれをも偽瞞と云うのではない。しかし直射光線には偏頗があり、一つの物象の色をその周囲の色との正しい諧調から破ってしまうのである。それればかりではない。全反射がある。日蔭は日表との対照で闇のようになってしまう。なんという雑多な溷濁だろう。そしてすべてそうしたことが日の当った風景を作りあげているのである。そこには感情の弛緩があり、神経の鈍麻があり、理性の偽瞞がある。これがその象徴する幸福の内容である。恐らく世間に於ける幸福がそれらを条件としているように。

私は以前とは反対に渓間を冷たく沈ませてゆく夕方を――僅かの時間しか地上に駐まらない黄昏の厳かな掟を――待つようになった。それは日が地上を去って行ったあと、路の上の潦を白く光らせながら空から下りて来る反射光線である。たとえ人はそのなかでは幸福ではないにしても、そこには私の眼を澄ませ心を透き徹らせる風景があった。

「平俗な日なた奴！　早く消えろ。いくら貴様が風景に愛情を与え、冬の蠅を活気づけても、俺を愚昧化することだけは出来ぬわい。俺は貴様の弟子の外光派＊に唾をひっかける。俺は今度会ったら医者に抗議を申込んでやる」

日に当りながら私の憎悪はだんだんたかまってゆく。しかしなんという「生きんとする意志」であろう。日なたのなかの彼等は永久に彼等の怡しみを見棄てない。壜のなかの奴も永久に登っては落ち、登っては落ちている。

やがて日が翳りはじめる。高い椎の樹へ隠れるのである。直射光線が気疎い回折光線にうつろいはじめる。彼等の影も私の脛の影も不思議な鮮やかさを帯びて来る。そして私は褞袍をまとって硝子窓を閉しかかるのであった。

午後になると私は読書をすることにしていた。彼等はまたそこへやって来た。彼等は私の読んでいる本へ纏わりついて、私のはぐる頁のためにいつも身体を挟み込まれた。それほど彼等は逃げ足が遅い。逃げ足が遅いだけならまだしも、僅かな紙の重みの下で、あたかも梁に押えられたように、仰向けになったりして藻掻かなければならないのだった。私には彼等を殺す意志がなかった。それでそんなとき——殊に食事のときなどは、彼等の足弱が却って迷惑になった。食膳のものへとまりに来るときは追う箸をことさら緩っくり動かさなくてはならない。さもないと箸の先で汚ならしくも潰れてしまわないとも限らないのである。しかしそれでもまだそれに弾ねられて汁のなかへ落ち込んだりするのがいた。

最後に彼等を見るのは夜、私が寝床へはいるときであった。彼等はみな天井に貼りついていた。凝っと、死んだように貼りついていた。——一体脾弱な彼等は日光のなかで戯れているときでさえ、死んだ蠅が生き返って来て遊んでいるような感じがあった。死んでから幾日も経ち、内臓なども乾きついてしまった蠅がよく埃にまみれて転っていることがあるが、そんな奴がまたこのこと生き返って来て遊んでいる。いや、事実そんなことがあるのではなかろうか、と云った想像も彼等のみてくれからは充分に許すことが出来るほどであった。そんな彼等が今や凝っと天井にとまっている。それはほんとうに死んだようである。

そうした、錯覚に似た彼等を眠るまえ枕の上から眺めていると、私の胸へはいつも廓寥とした深夜の気配が沁みて来た。冬ざれた渓間の旅館は私のほかに宿泊人のない夜がある。そんな部屋はみな電燈が消されている。そして夜が更けるにしたがってなんとなく廃墟に宿っているような心持を誘うのである。私の眼はその荒れ寂びた空想のなかに、恐ろしいまでに鮮やかな一つの場面を思い浮べる。それは夜深く海の香をたてながら、澄み透った湯を溢れさせている渓傍の浴槽である。そしてその情景はますます私に廃墟の気持を募らせて行く。——天井の彼等を眺めていると私の心はそうした深夜を感じる。深夜のなかへ心が拡がってゆく。そしてそのなかのただ一つの起きている部屋である私の部屋。——天井に彼等のとまっている、死んだように凝っととまっている私の部屋が、孤独な感情とともに私に帰って来る。

火鉢の火は衰えはじめて、硝子窓を潤おしていた湯気はだんだん上から消えて来る。私はそのなかから魚のはらごに似た憂鬱な紋々があらわれて来るのを見る。それは最初の冬、やはりこうして消えて行った水蒸気が何時の間にかそんな紋々を作ってしまったのである。床の間の隅には薄うく埃をかむった薬壜が何本も空になっている。何という倦怠、なんという因循だろう。私の病鬱は、恐らく他所の部屋には棲んでいない冬の蠅をさえ棲ませているではないか。何時になったら一体こうしたことに梟がつくのか。

心がそんなことにひっかかると私は何時も不眠に殃いされた。眠れなくなると私は軍艦の進水式を想い浮べる。その次には小倉百人一首を一首ずつ思い出してはそれの意味を考える。そして最後には考え得られる限りの残虐（ざんぎゃく）な自殺の方法を空想し、その積み重ねによって眠りを誘おうとする。がらんとした渓間の旅館の一室で。天井に彼等の貼りついている、死んだように凝っと貼りついている一室で。――

2

その日はよく晴れた温かい日であった。午後私は村の郵便局へ手紙を出しに行った。私は疲れていた。それから渓へ下りてまだ三四丁も歩かなければならない私の宿へ帰るのがいかにも億劫（おっくう）であった。そこへ一台の乗合自動車が通りかかった。それを見ると私は不意に手を挙げた。そしてそれに乗り込んでしまったのである。

その自動車は村の街道を通る同族のなかでも一種目だった特徴で自分を語っていた。暗い幌（ほろ）のなかの乗客の眼がみな一様に前方を見詰めている事や、泥除（どろよ）けそれからステップの上へまで溢れた荷物を麻縄が車体へ縛りつけている恰好（かっこう）や――そんな一種の物ものしい特徴で、彼等が今から上り三里下り三里の峠を踰（こ）えて半島の南端の港へ十一里の道をゆく自動車であることが一目で知れるのであった。私はそれへ乗ってしまったのである。それにしてはなんという不似合な客であったろう。私はただ村の郵便局まで来て疲れたというばかりの人間に過ぎないのだった。

日はもう傾いていた。私には何の感想もなかった。ただ私の疲労をまぎらしてゆく快い自動車の動揺ばかりがあった。村の人が背負い網を負って山から帰って来る頃で、見知った顔が何度も自動車を除けた。その度私はだんだん「意志の中ぶらり」に興味を覚えて来た。そして、それはまたそれで、私の疲労をなにか変った他のものに変えてゆくのだった。やがてその村人にも会わなくなった。自然林が廻った。落日があらわれた。渓の音が遠くなった。年古りた杉の柱廊が続いた。冷い山気が沁みて来た。魔女の跨った箒のように、自動車は私を高い空へ運んだ。一体何処までゆこうとするのだろう。峠の隧道を出るともう半島の南である。私の村へ帰るにも次の温泉へゆくにも三里の下り道である。そこへ来たとき、私はやっと自動車を止めた。そして薄暮の山の中へ下りてしまったのである。何のために？　それは私の疲労が知っている。私は腑甲斐ない一人の私を、人里離れた山中へ遺棄してしまったことに、気味のいい嘲笑を感じていた。

樫鳥が何度も身近から飛び出して私を愕ろかした。道は小暗い谿襞を廻って、どこまで行っても展望がひらけなかった。このままで日が暮れてしまってはと、私の心は心細さで一杯であった。幾たびも飛び出す樫鳥は、そんな私を、近くで見る大きな姿で脅かしながら、葉の落ちた欅や楢の枝を匍うように渡って行った。

最後にとうとう谿が姿をあらわした。杉の秀が細胞のように密生している遥かな谿！　何というそれは巨大な谿だったろう。遠靄のなかには音もきこえない水も動かない滝が小さく小さく懸っていた。眩暈を感じさせるような谿底には丸太を組んだ橇道が寒ざむと白く匍っていた。日は谿向うの尾根へ沈んだところであった。水を打ったような静けさがいまこの谿を領していた。何も動かず何も聴こえないのである。この静けさはひょっと夢かと思うような谿の眺めになおさら夢のような感じを与えていた。

「此処でこのまま日の暮れるまで坐っているということは、何という豪奢な心細さだろう」と私は思った。「宿では夕飯の用意が何も知らずに待っている。そして俺は今夜はどうなるかわからない」

私は私の置き去りにして来た憂鬱な部屋を思い浮べた。そこでは私は夕餉の時分極って発熱に苦しむのである。私は着物ぐるみ寝床へ這入っている。それでもまだ寒い。悪寒に慄えながら私の頭は何度も浴槽を想像する。「あすこへ漬ったらどんなに気持いいことだろう」そして私は階段を下り浴槽の方へ歩いてゆく私自身になる。しかしその想像のなかでは私は決して自分の衣服を脱がない。衣服ぐるみそのなかへはいってしまうのである。私の身体には、そして、支えがない。私はぶくぶくと沈んでしまい、浴槽の底へ溺死体のように横わってしまう。いつもきまってその想像である。そして私は寝床のなかで満潮のように悪寒が退いてゆくのを待っている。――

あたりはだんだん暗くなって来た。日の落ちたあとの水のような光を残して、冴えざえとした星が澄んだ空にあらわれて来た。凍えた指の間の煙草の火が夕闇のなかで色づいて来た。その火の色は曠漠とした周囲のなかでいかにも孤独であった。その火を措いて一点の燈火も見えずにこの谿は暮れてしまおうとしているのである。寒さは懐ろ手をしてもなんの役にも立たない位になって来た。しかし私は暗と寒気がようやく私を勇気づけて来たのを感じた。私は何時の間にか、これから三里の道を歩いて次の温泉までゆくことに自分を予定していた。犇ひしと迫って来る絶望に似たものはだんだん私の身体へ匍い込んで来た。平常外気の冒さない奥の方まで冷え入って、懐だんだん私の心に残酷な欲望を募らせて行った。疲労または倦怠が一たんそうしたものに変ったが最後、いつも私は終りまでその犠牲になり通さなければならないのだった。あたりがとっぷり暮れ、私がやっとそこを立上ったとき、私はあたりにまだ光があったときとは全く異った感情で私自身を艤装していた。

私は山の凍てついた空気のなかを暗をわけて歩き出した。身体はすこしも温かくもならなかった。ときどきそれでも私の頬を軽くなでてゆく空気が感じられた。はじめ私はそれを発熱のためか、それとも極端な寒さのなかで起る身体の変調かと思っていた。しかし歩いてゆくうちに、それは昼間の日のほとぼりがまだ斑らに道に残っているためであるらしいことがわかって来た。すると私には凍った闇のなかに昼の日射しがありありと見えるように思えはじめた。一つの燈火も見えない暗というものも私には変な気を起させた。それは灯がついたということで、若しくは灯の光の下で、文明的な私達ははじめて夜を理解するものであるということを信ぜしめるに充分であった。真暗な闇にも拘わらず私はそれが昼間と同じであるような感じを抱いた。星の光っている空は真青であった。道を見分けてゆく方法は昼間の方法と何の変ったこともなかった。道を染めている昼間のほとぼりはなおさらその感じを強くした。

突然私の後ろから風のような音が起った。さっと流れて来る光のなかへ道の上の小石が歯のような影を立てた。一台の自動車が、それを避けている私には一顧の注意も払わずに走り過ぎて行った。しばらく私はぼんやりしていた。自動車はやがて谿襞を廻った向うの道へ姿をあらわした。しかしそれは自動車が走っているというより、ヘッドライトをつけた大きな闇が前へ前へ押し寄せてゆくかのように見えるのであった。それが夢のように消えてしまうとまたあたりは寒い闇に包まれ、空腹した私が暗い情熱に溢れて道を踏んでいた。

「何という苦い絶望した風景であろう。私は私の運命そのままの四囲のなかに歩いている。これは私の心そのままの姿であり、ここにいて私は日なたのなかで感じるような何等の偽瞞をも感じない。私の神経は暗い行手に向って張り切り、今や決然とした意志を感じる。なんというそれは気持のいいことだろう。定罰のような闇、膚を劈く酷寒。そのなかでこそ私の疲労は快く緊張し新しい戦慄を感じることが出来る。歩け。歩け。へたばるまで歩け」

私は残酷な調子で自分を鞭打った。歩け。歩け。歩き殺してしまえ。

その夜晩く私は半島の南端、港の船着場を前にして疲れ切った私の身体を立たせていた。私は酒を飲んでいた。しかし心は沈んだままますこしも酔っていなかった。

強い潮の香に混って、瀝青や油の匂が濃くそのあたりを立て罩めていた。もやい綱が船の寝息のようにきしり、それを眠りつかせるように、静かな波のぽちゃぽちゃと舷側を叩く音が、暗い水面にきこえていた。

「××さんはいないかよう！」

静かな空気を破って媚めいた女の声が先ほどから岸で呼んでいた。ぼんやりした燈りを睡むそうに提げている百噸あまりの汽船のとものの方から、見えない声が不明瞭になにか答えている。それは重々しいバスである。

それはこの港に船の男を相手に媚を売っている女らしく思える。私はその返事のバスに人ごとながら聴耳をたてたが、相不変曖昧な言葉が同じように鈍い調子で響くばかりで、やがて女はあきらめたようすでいなくなってしまった。

「いないのかよう。××さんは」

私は静かな眠った港を前にしながら変転に富んだその夜を回想していた。三里はとっくに歩いたと思っているのにいくらしてもおしまいにならなかった山道や、谿のなかに発電所が見えはじめ、しばらくすると谿の底を提灯が二つ三つ閑かな夜の挨拶を交しながらもつれて行くのが見え、私はそれが大方村の人が温泉へはいりにゆく灯で、温泉はもう真近にちがいないと思い込み、元気を出したのに見事当てがはずれたことや、やっと温泉に着いて凍え疲れた四肢を村人の混み合っている共同湯で温めたときの異様な安堵の感情や、――ほんとうにそれらは回想という言葉に相応しい位一晩の経験としては豊富すぎる内容であった。しかもそれでおしまいというのではなかった。私がやっと腹を膨らして人心つくかつかぬに、私の充されない残酷な欲望はもう一度私に夜の道へ出ることを命令したのであった。私は不安な当てで名前も初耳な次の二里ばかりも離れた温泉へ歩かなければならなかった。その道でとうとう私は迷ってしまい、途方に暮れて暗のなかへ蹲まっていたとき、晩い自動車が通りかかり、やっとのことでそれを呼びとめて、予定を変えてこの港の町へ来てしまったのであった。それから私は何処へ行ったか。私はそんなところには一種の嗅覚でも持っているかのように、堀割に沿った娼家の家並のなかへ出てしまった。藻草を纏ったような船夫達が何人も群れて、白く化粧した女を調戯いながら、よろよろと歩いていた。私は二度ほど同じ道を廻り、そして最後に一軒の家へ這入った。私は疲れた身体に熱い酒をそそぎ入れた。しかし私は酔わなかった。酌に来た女は秋刀魚船の話をした。船員の腕に相応しい逞しい健康そうな女だった。その一人は私に婬をすすめた。私はその金を払ったまま、港のありかをきいて外へ出てしまったのである。

私は近くの沖にゆっくり明滅している廻転燈台の火を眺めながら、永い絵巻のような夜の終りを感じていた。舷の触れ合う音、とも綱の張る音、睡たげな船の灯、すべてが暗く静かにそして内輪で、柔やかな感傷を誘った。何処かに捜して宿をとろうか、それとも今の女のところへ帰ってゆこうか、それはいずれにしても私の憎悪に充ちた荒々しい心はこの港の埠頭で尽きていた。ながい間私はそこに立っていた。気疎い睡気のようなものが私の頭を誘うまで静かな海の暗を見入っていた。——

私はその港を中心にして三日ほどもその附近の温泉で帰る日を延した。明るい南の海の色や匂いはなにか私には荒々しく粗雑であった。その上卑俗で薄汚い平野の眺めは直ぐに私を倦かせてしまった。山や渓が鬩ぎ合い心を休める余裕や安らかな望みのない私の村の風景がいつか私の身についてしまっていることを私は知った。そして三日の後私はまた私の心を封じるために私の村へ帰って来たのである。

3

私は何日も悪くなった身体を寝床につけていなければならなかった。私には別にさした後悔もなかったが、知った人びとの誰彼がそうしたことを聞けばさぞ陰気になり気を悪くするだろうとそのことばかり思っていた。

そんな或る日のこと私はふと自分の部屋に一匹も蠅がいなくなっていることに気がついた。そのことは私を充分驚ろかした。私は考えた。恐らく私の留守中誰も窓を明けて日を入れず火をたいて部屋を温めなかった間に、彼等は寒気のために死んでしまったのではなかろうか。それはありそうなことに思えた。彼等は私の静かな生活の余徳を自分等の生存の条件として生きていたのである。そして私が自分の鬱屈した部屋から逃げ出してわれとわが身を責め虐んでいた間に、彼等はほんとうに寒気と飢えで死んでしまったのである。私はそのことにしばらく憂鬱を感じた。それは私が彼等の死を傷んだためではなく、私にもなにか私を生かしそしていつか私を殺してしまうきまぐれな条件があるような気がしたからであった。私は其奴の幅広い背を見たように思った。それは新しいそして私の自尊心を傷ける空想だった。そして私はその空想からますます陰鬱を加えてゆく私の生活を感じたのである。

（一九二八年三月）

ある崖上（がけうえ）の感情

1

ある蒸暑い夏の宵のことであった。山ノ手の町のとあるカフェで二人の青年が話をしていた。話の様子では彼等は別に友達というのではなさそうであった。銀座などとちがって、狭い山ノ手のカフェでは、孤独な客が他所(よそ)のテーブルを眺めたりしながら時を費(ついや)すことはそう自由ではない。そんな不自由さが――そして狭さから来る親しさが、彼等を互に近づけることが多い。彼等もどうやらそうした二人らしいのであった。

一人の青年はビールの酔いを肩先にあらわしながら、コップの尻(しり)でよごれた卓子(テーブル)にかまわず肱(ひじ)を立てて、先程から殆(ほとん)ど一人で喋(しゃべ)っていた。漆喰(しっくい)の土間の隅には古ぼけたビクターの蓄音器が据えてあって、磨(す)り減ったダンスレコードが暑苦しく鳴っていた。

「元来僕はね、一度友達に図星を指されたことがあるんだが、放浪、家をなさないという質(たち)に生れついているらしいんです。その友達というのは手相を見る男で、それも西洋流の手相を見る男で、僕の手相を見たとき、君の手にはソロモンの十字架*がある。それは一生家を持てない手相だと云(い)ったんです。僕は別に手相などを信じないんだが、そのときはそう云われたことでぎくっとしましたよ。とても悲しくてね――」

その青年の顔には僅かの時間感傷の色が酔いの下にあらわれて見えた。彼はビールを一と飲みするとまた言葉をついで、

「その崖の上へ一人で立って、開いている窓を一つ一つ見ていると、僕は何時でもそのことを憶い出すんです。僕一人が世間に住みつく根を失って浮草のように流れている。そして何時もそんな崖の上に立って人の窓ばかりを眺めていなければならない。すっかりこれが僕の運命だ。そんなことが思えて来るのです。――しかし、それよりも僕はこんなことが云いたいんです。つまり窓の眺めというものには、元来人をそんな思いに駆る或るものがあるんじゃないか。誰でもふとそんな気持に誘われるんじゃないか、と云うのですが、どうです、あなたはそうしたことをお考えにはならないですか」

もう一人の青年は別に酔っているようでもなかった。彼は相手の今までの話を、そう面白がってもいないが、そうかと云って全然興味がなくもないといった穏やかな表情で耳を傾けていた。彼は相手に自分の意見を促されてしばらく考えていたが、

「さあ……僕には寧ろ反対の気持になった経験しか憶い出せない。しかしあなたの気持は僕にはわからなくはありません。反対の気持になった経験というのは、窓のなか

にいる人間を見ていてその人達がなにかはかない運命を持ってこの浮世に生きている。という風に見えたということなんです」

「そうだ。それは大いにそうだ。いや、それが本当かも知れん。僕もそんなことを感じていたような気がする」

酔った方の男はひどく相手の云ったことに感心したような語調で残っていたビールを一息に飲んでしまった。

「そうだ。それであなたもなかなか窓の大家だ。いや、僕はね、実際窓というものが好きで堪(たま)らないんですよ。自分のいるところから何時も人の窓が見られたらどんなに楽しいだろうと、何時もそう思ってるんです。そして僕の方でも窓を開けておいて、誰かの眼にいつも僕自身を曝(さ)らしているのがまたとても楽しいんです。こんなに酒を飲むにしても、どこか川っぷちのレストランみたいなところで、橋の上からだとか向う岸からだとか見ている人があって飲んでいるのならどんなに楽しいでしょう。『いかにあわれと思うらん』僕には片言のような詩しか口に出て来ないが、実際いつもそんな気持になるんです」

「なるほど、なんだかそれは楽しそうですね。しかし何という閑(のど)かな趣味だろう」

「あっはっは。いや、僕はさっきその崖の上から僕の部屋の窓が見えると云ったでしょう。僕の窓は崖の近くにあって、僕の部屋からはもう崖ばかりしか見えないんです。僕はよくそこから崖路を通る人を注意しているんですが、元来めったに人の通らない路で、通る人があったって、全く僕みたいにそこでながい間町を見ているというような人は決してありません。実際僕みたいな男はよくよくの閑人なんだ」

「ちょっと君。そのレコード止してくれない」聴き手の方の青年はウエイトレスがまたかけはじめた「キャラバン」＊の方を向いてそう云った。「僕はあのジャッズという奴が大嫌いなんだ。厭だと思い出すとどても堪らない」

黙ってウエイトレスは蓄音機をとめた。彼女は断髪をして薄い夏の洋装をしていた。しかしそれには少しもフレッシュなところがなかった。寧ろ南京鼠の匂いでもしそうな汚いエキゾティシズムが感じられた。そしてそれはそのカフエがその近所に多く住んでいる下等な西洋人のよく出入りするという噂を、少し陰気に裏書していた。

「おい。百合ちゃん。百合ちゃん。生をもう二つ」

話し手の方の青年は馴染のウエイトレスをぶっきら棒な客から救ってやるというような表情で、彼女の方を振り返った。そして直ぐ、

「いや、ところがね、僕が窓を見る趣味にはあまり人に云えない欲望があるんです。それはまあ一般に云えば人の秘密を盗み見るという魅力なんですが、僕のはもう一つ

進んで人のベッドシーンが見たい、結局はそういったことに帰着するんじゃないかと思われるような特殊な執着があるらしいんです。いや、そんなものをほんとうに見たことなんぞはありませんがね」

「それはそうかも知れない。高架線を通る省線電車にはよくそういったマニヤの人が乗っているということですよ」

「そうですかね。そんな一つの病型(タイプ)があるんですかね。それは驚ろいた。……あなたは窓というものにそんな興味をお持ちになったことはありませんか。一度でも」

その青年の顔は相手の顔をじっと見詰めて返答を待っていた。

「僕がそんなマニヤのことを云う以上僕にも多かれ少なかれそんな知識があると思っていいでしょう」

その青年の顔には僅かばかりの不快の影が通り過ぎたが、そう答えて彼はまた平気な顔になった。

「そうだ。いや、僕はね、崖の上からそんな興味で見る一つの窓があるんですよ。しかしほんとうに見たということは一度もないんです。でも実際よく瞞(だま)される、あれには。あっはっはは……僕が一体どんな状態でそれに耽(ふけ)っているか一度話してみましょうか。僕はながい間じいっと眼を放さずにその窓を見ているのです。するとあんまり一生懸命になるもんだから足許が変に便りなくなって来る。ふらふらっとして実際崖から落っこちそうな気持になる。はっは。それくらいになると僕はもう半分夢を見ているような気持です。すると変なことには、そんなとき僕の耳には崖路を歩いて来る人の足音がきまったようにして来るんです。でも僕はよし人がほんとうに通ってもそれはかまわないことにしている。しかしその足音は僕の背後へそうっと忍び寄って来て、そこでぴたりと止ってしまうんです。それが妄想というものでしょうね。僕にはその忍び寄った人間が僕の秘密を知っているように思えてならない。そして今にも襟髪を摑むか、今にも崖から突落すか。そんな恐怖で息も止まりそうになっているんです。しかし僕はやっぱり窓から眼を離さない。それゃそんなときはもうどうなってもいいというような気持ですね。また一方ではそれが大抵は僕の気のせいだということは百も承知で、そんな度胸もきめるんです。しかしやっぱり百に一つ若しやほんとうの人間ではないかという気が何時でもする。変なものですね。あっはっはは」

話し手の男は自分の話に昂奮を持ちながらも、今度は自嘲的なそして悪魔的といえるかも知れない挑んだ表情を眼に浮べながら、相手の顔を見ていた。

「どうです。そんな話は。――僕は今はもう実際に人のベッドシーンを見るということよりも、そんな自分の状態の方がずっと魅惑的になって来ているんです。何故と云って、自分の見ている薄暗い窓のなかが、自分の思っているようなものでは多分ないことが、僕にはもう薄うすわかっているんです。それでいて心を集めてそこを見ているとありありそう思えて来る。そのときの心の状態がなんとも云えない恍惚なんです。一体そんなことがあるものですかね。あっはっはは。どうです、今から一緒にそこへ行って見る気はありませんか」

「それはどちらでもいいが、だんだん話が佳境に入って来ましたね」

そして聴き手の青年はまたビールを呼んだ。

「いや、佳境には入って来たというのはほんとうなんですよ。僕はだんだん佳境には入って来たんだ。何故って、僕には最初窓がただなにかしら面白いものであったに過ぎないんだ。それがだんだん人の秘密を見るという気持が意識されて来た。そうでしょう。すると次は秘密のなかでもベッドシーンの秘密に興味を持ち出した。ところが、見たと思ったそれがどうやらちがうものらしくなって来た。しかしそのときの恍惚状態そのものが、結局すべてであるということがわかって来た。そうでしょう。いや、君、実際その恍惚状態がすべてなんですよ。あっはっはは。空の空なる恍惚万歳だ。この愉快な人生にプロジット*しよう」

その青年には大分酔が発して来ていた。そのプロジットに応じなかった相手のコップへ荒々しく自分のコップを打ちつけて、彼は新らしいコップを一気に飲み乾(ほ)した。

彼等がそんな話をしていたとき、扉をあけて二人の西洋人がは入(い)って来た。彼等は入って来ると同時にウエイトレスの方へ色っぽい眼つきを送りながら青年達の横のテーブルへ坐(すわ)った。彼等の眼は一度でも青年達の方を見るのでもなければ、お互に見交わすというのでもなく、絶えず笑顔を作って女の方へ向いていた。

「ポーリンさんにシマノフさん、いらっしゃい」

ウエイトレスの顔は彼等を迎える大仰な表情でにわかに生き生きし出した。そしてきゃっきゃっと笑いながら何か喋(しゃべ)り合っていたが、彼女の使う言葉はある自由さを持った西洋人の日本語で、それを彼女が喋るとき青年達を給仕していたときとはまるでちがった変な魅力が生じた。

「僕は一度こんな小説を読んだことがある」

聴き手であった方の青年が、新らしい客の持って来た空気から、話をまたもとへ戻した。

「それは、ある日本人が欧羅巴(ヨーロッパ)へ旅行に出かけるんです。英国、仏蘭西(フランス)、独逸(ドイツ)と随分ながいごったごたした旅行を続けておしまいにウイーンへやって来る。そして着いた夜あるホテルへ泊るんですが、夜中にふと眼をさましてそれから直ぐ寐(ね)つけないで、深夜の闇のなかに旅情を感じながら窓の外を眺めるんです。空は美しい星空で、その下にウイーンの市が眠っている。その男はしばらくその夜景に眺め耽っていたが、彼はふと闇のなかにたった一つ開け放された窓を見つける。その部屋のなかには白い布のような塊りが明るい燈火に照らし出されていて、なにか白い煙みたようなものがそこから細く真直ぐに立騰っている。そしてそれがだんだんはっきりして来るんですが、思いがけなくその男がそこに見出したものは、ベッドの上に肆な裸体を投げ出している男女だったのです。白いシーツのように見えていたのがそれで、静かに立騰っている煙は男がベッドで燻らしている葉巻の煙なんです。その男はそのときどんなことを思ったかと云うと、これはいかにも古都ウイーンだ、そしていま自分は長い旅の末にやっとその古い都へやって来たのだ——そういう気持がしみじみと湧いたというのです」

「そして？」

「そして静かに窓をしめてまた自分のベッドへ帰って寝たというのですが——これは随分まえに読んだ小説だけれど、変に忘れられないところがあって僕の記憶にひっかかっている」

「いいなあ西洋人は。僕はウイーンへ行きたくなった。あっはっは。それより今から僕と一緒に崖の方まで行かないですか。ええ」

酔った青年はある熱心さで相手を誘っていた。しかし片方はただ笑うだけでその話には乗らなかった。

2

生島（これは酔っていた方の青年）はその夜晩く自分の間借している崖下の家へ帰って来た。彼は戸を開けるとき、それが習慣のなんとも云えない憂鬱を感じた。それは彼がその家の寝ている主婦を思い出すからであった。生島はその四十を過ぎた寡婦である「小母さん」と何の愛情もない身体の関係を続けていた。子もなく夫にも死別れたその女にはどことなく諦めた静けさがあって、そんな関係が生じたあとでも別に前と変らない冷淡さ若しくは親切さで彼を遇していた。生島には自分の愛情のなさを彼女に偽る必要など少しもなかった。彼が「小母さん」を呼んで寝床を共にする。そのあとで彼女は直ぐ自分の寝床へ帰ってゆくのである。生島はその当初自分等のそんな関係に淡々とした安易を感じていた。ところが間もなく彼はだんだん堪らない嫌悪を感じ出した。それは彼が安易を見出していると同じ原因が彼に反逆するのであった。彼が彼女の膚に触れているとき、そこにはなんの感動もなく、何時も或る白じらしい気持が消えなかった。生理的な終結はあっても、空想の満足がなかった。そのことはだんだん重苦しく彼の心にのしかかって来た。そのうちに彼は晴ばれとした往来へ出ても、自分に萎びた古手拭のような匂が沁みているような気がしてならなくなった。顔貌にもなんだかいやな線があらわれて来て、誰の目にも彼の陥っている地獄が感づかれそうな不安が絶えずつき纏った。そして女の諦めたような平気さが極端にいらいらした嫌悪を刺戟するのだった。しかしその憤懣が「小母さん」のどこへ向けられるべきだろう。彼が今日にも出てゆくと云っても彼女が一言の不平も唱えないことはわかりきったことであった。それでは何故出てゆかないのか。生島はその年の春ある大学を出てまだ就職する口がなく、国へは奔走中と云ってその日その日を全く無気力な倦怠で送っている人間であった。彼はもう縦のものを横にするにも、魅入られたような意志のなさを感じていた。彼が何々をしようと思うことは脳細胞の意志を刺戟しない部分を通って抜けてゆくのらしかった。結局彼は何時まで経っても其処が動けないのである。——

主婦はもう寝ていた。生島はみしみし階段をきしらせながら自分の部屋へ帰った。そして硝子窓をあけて、むっとするようにこもった宵の空気を涼しい夜気と換えた。

彼はじっと坐ったまま崖の方を見ていた。崖の路は暗くてただ一つ電柱についている燈がそのありかを示しているに過ぎなかった。そこを眺めながら、彼は今夜カフェで話し合った青年のことを思い出していた。自分が何度誘っても其処へ行こうとは云わなかったことや、それから自分が執こく紙と鉛筆で崖路の地図を書いて教えたことや、その男の頑なに拒んでいる態度にもかかわらず、彼にも自分と同じような欲望があるにちがいないとなぜか固く信じたことや——そんなことを思い出しながら彼の眼は不知不識、若しやという期待で白い人影をその闇のなかに探しているのであった。

彼の心はまた、彼がその崖の上から見るあの窓のことを考え耽った。彼がそのなかに見る半ば夢想のそして半ば現実の男女の姿態が如何に情熱的で性慾的であるか。またそれに見入っている彼自身が如何に情熱を覚え性慾を覚えるか。窓のなかの二人はまるで彼の呼吸を呼吸しているようであり、彼はまた二人の呼吸を呼吸しているようである、そのときの恍惚とした心の陶酔を思い出していた。

「それに比べて」と彼は考え続けた。

「俺が彼女に対しているときはどうであろう。俺はまるで悪い暗示にかかってしまったように白じらとなってしまう。崖の上の陶酔のたとえ十分の一でも、なぜ彼女に対するとき帰って来ないのか。俺は俺のそうしたものを窓のなかへ吸いとられているのではなかろうか。そういう形式でしか性慾に耽ることが出来なくなっているのではなかろうか。それとも彼女という対象がそもそも自分には間違った形式なのだろうか」

「しかし俺にはまだ一つの空想が残っている。そして残っているのはただ一つその空想があるばかりだ」

机の上の電燈のスタンドへは何時の間にかたくさん虫が集って来ていた。それを見ると生島は鎖をひいて電燈を消した。僅かそうしたことすら彼には習慣的な反射――崖からの瞰下景に起ったであろう一つの変化がちらと心を掠めるのであった。部屋が暗くなると夜気が殊更涼しくなった。崖路の闇もはっきりして来た。しかしそのなかには依然として何の人影も立ってはいなかった。

彼にただ一つの残っている空想というのは、彼がその寡婦と寝床を共にしているとき、不意に起って来る、部屋の窓を明け放してしまうという空想であった。勿論彼はそのとき、誰かがそこの崖路に立っていて、彼等の窓を眺め、彼等の姿を認めて、どんなにか刺戟を感じるであろうことを想い、その刺戟を通して、何の感動もない彼等の現実にもある陶酔が起って来るだろうことを予想しているのであった。しかし彼にはただ窓を明け崖路へ彼等の姿を晒すということばかりでも既に新鮮な魅力であった。そればかりでは彼はそのときの、薄い刃物で背を撫でられるような戦慄を空想した。そればかりではない。それがいかに彼等の醜い現実に対する反逆であるかを想像するのであった。

「一体俺は今夜あの男をどうする積りだったんだろう」

生島は崖路の闇のなかに不知不識自分の眼の待っていたものがその青年の姿であったことに気がつくと、ふと醒めた自分に立ち返った。

「俺ははじめあの男に対する好意に溢れていた。それで窓の話などを持ち出して話し合う気になったのだ。それだのに今自分にあの男を自分の欲望の傀儡にしようと思っていたような気がしてならないのは何故だろう。自分は自分の愛するものは他人も愛するにちがいないという好意に満ちた考えで話をしていたと思っていた。しかしその少し強制がましい調子のなかには、自分の持っている欲望を、云わば相手の身体にこすりつけて、自分と同じような人間を製造しようとしていたようなところが不知不識にあったらしい気がする。そして今自分の待っていたものは、そんな欲望に刺戟されて崖路へあがって来るあの男であり、自分の空想していたことは自分達の醜い現実の窓を開けて崖上の路へ曝すことだったのだ。俺の秘密な心のなかだけの空想が、俺自身には関係なく、ひとりでの意志で著々と計画を進めてゆくというような、一体そんなことがあり得ることだろうか。それともこんな反省すらもちゃんと予定の仕組で、今若しあの男の影があすこへあらわれたら、さあいよいよと舌を出す積りにしていたのではなかろうか……」

生島はだんだんもつれて来る頭を振るようにして電燈を点(とも)し、寝床を延べにかかった。

3

石田（これは聴き手であった方の青年）はある晩のことその崖路の方へ散歩の足を向けた。彼は平常歩いていた往来から教えられたはじめての路へ足を踏み入れたとき、一体こんなところが自分の家の近所にあったのかと不思議な気がした。元来その辺は無暗(むやみ)に坂の多い、丘陵と谷とに富んだ地勢であった。町の高みには皇族や華族の邸(やしき)に並んで、立派な門構えの家が、夜になると古風な瓦斯(ガス)燈(とう)の点(つ)く静かな道を挟んで立ち並んでいた。深い樹立(こだち)のなかには教会の尖塔(せんとう)が聳(そび)えていたり、外国の公使館の旗がヴ*イラ風な屋根の上にひるがえっていたりするのが見えた。しかしその谷に当ったところには陰気なじめじめした家が、普通の通行人のための路ではないような隘路(あいろ)をかくして、朽ちてゆくばかりの存在を続けているのだった。

石田はその路を通ってゆくとき、誰かに咎(とが)められはしないかというようなうしろめたさを感じた。なぜなら、その路へは大っぴらに通りすがりの家が窓を開いているのだった。そのなかには肌脱ぎになった人がいたり、柱時計が鳴っていたり、味気ない生活が蚊遣りを燻したりしていた。そのうえ、軒燈にはきまったようにやもりがとまっていて彼を気味悪がらせた。彼は何度も袋路に突きあたりながら、――その度になおさら自分の足音にうしろめたさを感じながら、やっと崖に沿った路へ出た。しばらくゆくと人家が絶えて路が悪くなり、僅かに一つの電燈が足許を照らしている、それが教えられた場所であるらしいところへやって来た。

其処からはなるほど崖下の町が一と目に見渡せた。いくつもの窓が見えた。そしてそれは彼の知っている町の、思いがけない瞰下景であった。彼はかすかな旅情らしいものが、濃くあたりに漂っているあれちのぎくの匂に混って、自分の心を染めているのを感じた。

ある窓では運動シャツを着た男がミシンを踏んでいた。屋根の上の闇のなかにたくさんの洗濯物らしいものが仄白く浮んでいるのを見ると、それは洗濯屋の家らしく思われるのだった。またある一つの窓ではレシーヴァを耳に当てて一心にラジオを聴いている人の姿が見えた。その一心な姿を見ていると、彼自身の耳の中でもラジオの小さい音がきこえて来るようにさえ思われるのだった。

彼が先の夜、酔っていた青年に向って、窓のなかに立ったり坐ったりしている人びとの姿が、みななにかはかない運命を背負って浮世に生きているように見えると云ったのは、彼が心に次のような情景を浮べていたからだった。

それは彼の田舎の家の前を通っている街道に一つの見窄らしい商人宿があって、その二階の手摺の向うに、よく朝など出立の前の朝餉を食べていたりする旅人の姿が街道から見えるのだった。彼はなぜかそのなかである一つの情景をはっきり心にとめていた。それは一人の五十がらみの男が、顔色の悪い四つ位の男の児と向い合って、その朝餉の膳に向っているありさまだった。その男の顔には浮世の苦労が陰鬱に刻まれていた。彼はひと言も物を言わずに箸を動かしていた。その男の顔色の悪い子供も黙って、馴れない手つきで茶碗をかきこんでいたのである。彼はそれを見ながら、落魄した男の姿を感じた。その男の子供に対する愛を感じた。そしてその子供が幼い心にも、彼等の諦めなければならない運命のことを知っているような気がしてならなかった。部屋のなかには新聞の附録のようなものが襖の破れの上に貼ってあるのなどが見えた。

それは彼が休暇に田舎へ帰っていたある朝の記憶であった。彼はそのとき自分が危く涙を落しそうになったのを覚えていた。そして今も彼はその記憶を心の底に蘇らせながら、眼の下の町を眺めていた。

殊に彼にそう云う気持を起させたのは、一棟の長屋の窓であった。ある窓のなかには古ぼけた蚊帳がかかっていた。その隣の窓では一人の男がぼんやり手摺から身体を乗出していた。そのまた隣の、一番よく見える窓のなかには、箪笥などに並んで燈明の灯った仏壇が壁ぎわに立っているのであった。石田にはそれらの部屋を区切っている壁というものがはかなく悲しく見えた。若し其処に住んでいる人の誰かがこの崖上へ来てそれらの壁を眺めたら、どんなにか自分等の安んじている家庭という観念を脆くはかなく思うだろうと、そんなことが思われた。

一方には闇のなかに際立って明るく照らされた一つの窓が開いていた。そのなかには一人の禿顱の老人が煙草盆を前にして客のような男と向い合っているのが見えた。暫くそこを見ていると、そこが階段の上り口になっているらしい部屋の隅から、日本髪に頭を結った女が飲みもののようなものを盆に載せながらあらわれて来た。するとその部屋と崖との間の空間が俄かに一揺れ揺れた。それは女の姿がその明るい電燈の光を突然遮ったためだった。女が坐って盆をすすめると客のような男がぺこぺこ頭を下げているのが見えた。

石田はなにか芝居でも見ているような気でその窓を眺めていたが、彼の心には先の夜の青年の云った言葉が不知不識の間に浮んでいた。――だんだん人の秘密を盗み見するという気持が意識されて来る。それから秘密の中でもベッドシーンの秘密が捜したくなって来る。――

「或いはそうかも知れない」と彼は思った。「然し、今の自分の眼の前でそんな窓が開いていたら、自分はあの男のような欲情を感じるよりも、寧ろもののあわれと云った感情をそのなかに感じるのではなかろうか」

そして彼は崖下に見えるとその男の云ったそれらしい窓を暫く捜したが、何処にもそんな窓はないのであった。そして彼はまた暫くすると路を崖下の町へ歩きはじめた。

4

「今晩も来ている」と生島は崖下の部屋から崖路の闇のなかに浮んだ人影を眺めてそう思った。彼は幾晩もその人影を認めた。その度に彼はそれがカフェで話し合った青年によもやちがいがないだろうと思い、自分の心に企らんでいる空想に、その度戦慄を感じた。

「あれは俺の空想が立たせた人影だ。俺と同じ欲望で崖の上へ立つようになった俺の二重人格だ。俺がこうして俺の二重人格を俺の好んで立つ場所に眺めているという空想はなんという暗い魅惑だろう。俺の欲望はとうとう俺から分離した。あとはこの部屋に戦慄と恍惚があるばかりだ」

ある晩のこと、石田はそれが幾晩目かの崖の上へ立って下の町を眺めていた。

彼の眺めていたのは一棟の産科婦人科の病院の窓であった。それは病院と云っても決して立派な建物ではなく、昼になると「妊婦預ります」という看板が屋根の上へ張出されている粗末な洋風家屋であった。十ほどあるその窓のあるものは明るくあるものは暗く閉されている。漏斗型に電燈の被いが部屋のなかの明暗を区切っているような窓もあった。

石田はそのなかに一つの窓が、寝台を取り囲んで数人の人が立っている情景を解放しているのに眼が惹かれた。こんな晩に手術でもしているのだろうかと思った。しかしその人達はそれらしく動きまわる気配もなく依然として寝台のぐるりに凝立していた。

暫く見ていた後、彼はまた眼を転じてほかの窓を眺めはじめた。洗濯屋の二階には今晩はミシンを踏んでいる男の姿が見えなかった。やはりたくさんの洗濯物が仄白く闇のなかに干されていた。大抵の窓はいつもの晩とかわらずに開いていた。カフエで会った男の云っていたような窓は相不変見えなかった。石田はやはり心のどこかでそんな窓を見たい欲望を感じていた。それはあらわなものではなかったが、彼が幾晩も来るのにはいくらかそんな気持も混っているのだった。

彼が何気なくある崖下に近い窓のなかを眺めたとき、彼は一つの予感でぎくっとした。そしてそれがまがう方なく自分の秘かに欲していた情景であることを知ったとき、彼の心臓は俄かに鼓動を増した。彼はじっと見ていられないような気持で度々眼を外らせた。そしてそんな彼の眼がふと先程の病院へ向いたとき、彼はまた異様なことに眼を瞠った。それは寝台のぐるりに立ちめぐっていた先程の人びとの姿が、ある瞬間一度に動いたことであった。それはなにか驚愕のような身振に見えた。すると洋服を着た一人の男が人びとに頭を下げたのが見えた。石田はそこに起ったことが一人の人間の死を意味していることを直感した。彼の心は一時に鋭い衝撃をうけた。そして彼の眼が再び崖下の窓へ帰ったとき、そこにあるものはやはり元のままの姿であったが、彼の心は再び元のようではなかった。

それは人間のそうした喜びや悲しみを絶したある厳粛な感情であった。彼が感じるだろうと思っていた「もののあわれ」というような気持を超した、ある意力のある無常感であった。彼は古代の希臘(ギリシヤ)の風習を心のなかに思い出していた。死者を納(い)れる石棺のおもてへ、淫(みだ)らな戯れをしている人の姿や、牝羊(めひつじ)と交合している牧羊神＊を彫りつけたりした希臘人の風習を。――そして思った。

「彼等は知らない。病院の窓の人びとは、崖下の窓を。崖下の窓の人びとは、病院の窓を。そして崖の上にこんな感情のあることを――」

（一九二八年六月）

愛撫（あいぶ）

猫の耳というものはまことに可笑しなものである。薄べったくて、冷たくて、竹の子の皮のように、表には絨毛が生えていて、裏はピカピカしている。硬いような、柔らかいような、なんともいえない一種特別の物質である。私は子供のときから、猫の耳というと、一度「切符切り」でパチンとやって見たくて堪らなかった。これは残酷な空想だろうか？

否。全く猫の耳の持っている一種不可思議な示唆力によるのである。私は、家へ来たある謹厳な客が、膝へあがって来た仔猫の耳を、話をしながら、しきりに抓っていた光景を忘れることが出来ない。

このような疑惑は思いの外に執念深いものである。「切符切り」でパチンとやるというような、児戯に類した空想も、思い切って行為に移さない限り、われわれのアンニュイのなかに、外観上の年齢を遥かにながく生き延びる。とっくに分別の出来た大人が、今もなお熱心に――厚紙でサンドウィッチのように挟んだうえから一と思いに切ってみたら？　――こんなことを考えているのである！　ところが、最近、ふとしたことから、この空想の致命的な誤算が曝露してしまった。

元来、猫は兎のように耳で吊り下げられても、そう痛がらない。引張るということに対しては、猫の耳は奇妙な構造を持っている。というのは、一度引張られて破れたような痕跡が、どの猫の耳にもあるのである。その破れた箇所には、また巧妙な補片が当っていて、全くそれは、創造説を信じる人にとっても進化論を信じる人にとっても、不可思議な、滑稽な耳たるを失わない。そしてその補片が、耳を引張られるときの緩めになるにちがいないのである。そんな訳で、耳を引張られることに関しては、猫は至って平気だ。それでは、圧迫に対してはどうかというと、これも指でつまむ位では、いくら強くしても痛がらない。さきほどの客のように抓って見たところで、極く稀にしか悲鳴を発しないのである。こんなところから、猫の耳は不死身のような疑いを受け、ひいては「切符切り」の危険にも曝されるのであるが、ある日、私は猫と遊んでいる最中に、とうとうその耳を噛んでしまったのである。これが私の発見だったのである。噛まれるや否や、その下らない奴は、直ちに悲鳴をあげた。私の古い空想はその場で壊れてしまった。猫は耳を噛まれるのが一番痛いのである。悲鳴は最も微かなところからはじまる。だんだん強くするほど、だんだん強く鳴く。Crescendo*のうまく出る――なんだか木管楽器のような気がする。

私のながらくの空想は、かくの如くにして消えてしまった。しかしこういうことにはきりがないと見える。この頃、私はまた別なことを空想しはじめている。

それは、猫の爪をみんな切ってしまうのである。猫はどうなるだろう？　恐らく彼は死んでしまうのではなかろうか？

いつものように、彼は木登りをしようとする。――出来ない。人の裾を目がけて跳びかかる。――異う。爪を研ごうとする。――なんにもない。恐らく彼はこんなことを何度もやってみるにちがいない。その度にだんだん今の自分が昔の自分と異うことに気がついてゆく。彼はだんだん自信を失ってゆく。もはや自分がある「高さ」にいるということにさえブルブル慄えずにはいられない。「落下」から常に自分を守ってくれていた爪がもはやないからである。彼はよたよたと歩く別の動物になってしまう。遂にそれさえしなくなる。絶望！　そして絶え間のない恐怖の夢を見ながら、物を食べる元気さえ失せて、遂には――死んでしまう。

爪のない猫！　こんな、便りない、哀れな心持のものがあろうか！　空想を失ってしまった詩人、早発性痴呆に陥った天才にも似ている！

この空想はいつも私を悲しくする。その全き悲しみのために、この結末の妥当であるかどうかということさえ、私にとっては問題ではなくなってしまう。しかし、果して、爪を抜かれた猫はどうなるのだろう。眼を抜かれても、髭を抜かれても猫は生きているにちがいない。しかし、柔らかい蹠の、鞘のなかに隠された、鉤のように曲った、匕首のように鋭い爪！　これがこの動物の活力であり、智慧であり、精霊であり、一切であることを私は信じて疑わないのである。

ある日私は奇妙な夢を見た。

X——という女の人の私室である。この女の人は平常可愛い猫を飼っていて、私が行くと、抱いていた胸から、いつも其奴を放して寄来すのであるが、いつも私はそれに辟易するのである。抱きあげて見ると、その仔猫には、いつも微かな香料の匂いがしている。

夢のなかの彼女は、鏡の前で化粧していた。私は新聞かなにかを見ながら、ちらちらその方を眺めていたのであるが、アッと驚きの小さな声をあげた。彼女は、なんと！　猫の手で顔へ白粉を塗っているのである。私はゾッとした。しかし、なおよく見ていると、それは一種の化粧道具で、ただそれを猫と同じように使っているんだということがわかった。しかしあまりそれが不思議なので、私はうしろから尋ねずにはいられなかった。

「それなんです？　顔をコスっているもの？」

「これ？」

夫人は微笑とともに振向いた。そしてそれを私の方へ抛って寄来した。取りあげて見ると、やはり猫の手なのである。

「一体、これ、どうしたの？」

訊きながら私は、今日はいつもの仔猫がいないことや、その前足がどうやらその猫のものらしいことを、閃光のように了解した。

「わかっているじゃないの。これはミュルの前足よ」

彼女の答は平然としていた。そして、この頃外国でこんなのが流行るというので、ミュルで作って見たのだというのである。あなたが作ったのかと、内心私は彼女の残酷さに舌を巻きながら尋ねて見ると、それは大学の医科の小使が作ってくれたというのである。私は医科の小使というものが、解剖のあとの死体の首を土に埋めて置いて髑髏を作り、学生と秘密の取引をするということを聞いていたので、非常に嫌な気になった。何もそんな奴に頼まなくたっていいじゃないか。そして女というものの、そんなことにかけての、無神経さや残酷さを、今更のように憎み出した。しかしそれが外国で流行っているということについては、自分もなにかそんなことを、婦人雑誌か新聞かで読んでいたような気がした。——

猫の手の化粧道具！　私は猫の前足を引張って来て、いつも独笑いをしながら、その毛並を撫(な)でてやる。彼が顔を洗う前足の横側には、毛脚の短い絨氈(じゅうたん)のような毛が密生していて、なるほど人間の化粧道具にもなりそうなのである。しかし私にはそれが何の役に立とう？　私はゴロッと仰向きに寝転んで、猫を顔の上へあげて来る。二本の前足を掴(つか)んで来て、柔らかいその蹠を、一つずつ私の眼蓋(まぶた)にあてがう。快い猫の重量。温かいその蹠。私の疲れた眼球には、しみじみとした、この世のものでない休息が伝わって来る。

仔猫よ！　後生だから、しばらく踏み外さないでいろよ。お前は直(す)ぐ爪を立てるのだから。

（一九三〇年五月）

闇（やみ）の絵巻

最近東京を騒がした有名な強盗が捕まって語ったところによると、彼は何も見えない闇の中でも、一本の棒さえあれば何里でも走ることが出来るという。その棒を身体の前へ突き出し突き出しして、畑でもなんでも盲滅法に走るのだそうである。

私はこの記事を新聞で読んだとき、そぞろに爽快な戦慄を禁じることが出来なかった。

闇！　そのなかではわれわれは何を見ることも出来ない。より深い暗黒が、いつも絶えない波動で刻々と周囲に迫って来る。こんななかでは思考することさえ出来ない。何が在るかわからないところへ、どうして踏み込んでゆくことが出来よう。勿論われわれは摺足でもして進むほかはないだろう。しかしそれは苦渋や不安や恐怖の感情で一ぱいになった一歩だ。その一歩を敢然と踏み出すためには、われわれは悪魔を呼ばなければならないだろう。裸足で薊を踏んづける！　その絶望への情熱がなくてはならないのである。

闇のなかでは、しかし、若しわれわれがそうした意志を捨ててしまうなら、なんという深い安堵がわれわれを包んでくれるだろう。この感情を思い浮べるためには、われわれが都会で経験する停電を思い出してみればいい。停電して部屋が真暗になってしまうと、われわれは最初なんともいえない不快な気持になる。しかし一寸気を変えて呑気でいてやれと思うと同時に、その暗闇は電燈の下では味わうことの出来ない爽やかな安息に変化してしまう。

深い闇のなかで味わうこの安息は一体なにを意味しているのだろう。今は誰の眼からも隠れてしまった――今は巨大な闇と一如になってしまった――それがこの感情なのだろうか。

＊

私はながい間ある山間の療養地に暮していた。私は其処で闇を愛することを覚えた。昼間は金毛の兎が遊んでいるように見える谿向うの枯萱山が、夜になると黒ぐろとした畏怖に変った。昼間気のつかなかった樹木が異形な姿を空に現わした。夜の外出には提灯を持ってゆかなければならない。――月夜というものは提灯の要らない夜ということを意味するのだ。――こうした発見は都会から不意に山間へ行ったものの闇を知る第一階梯である。

私は好んで闇のなかへ出かけた。渓ぎわの大きな椎の木の下に立って遠い街道の孤独な電燈を眺めた。深い闇のなかから遠い小さな光を眺めるほど感傷的なものはないだろう。私はその光がはるばるやって来て、闇のなかの私の着物をほのかに染めているのを知った。またあるところでは渓の闇へ向って一心に石を投げた。闇のなかには一本の柚の木があったのである。石が葉を分けて戞々と崖へ当った。ひとしきりすると闇のなかからは芳烈な柚の匂いが立騰って来た。

こうしたことは療養地の身を噛むような孤独と切離せるものではない。あるときは岬の港町へゆく自動車に乗って、わざと薄暮の峠へ私自身を遺棄された。深い渓谷が闇のなかへ沈むのを見た。夜が更けて来るにしたがって黒い山山の尾根が古い地球の骨のように見えて来た。彼等は私のいるのも知らないで話し出した。

「おい。何時まで俺達はこんなことをしていなきゃならないんだ」

私はその療養地の一本の闇の街道を今も新しい印象で思い出す。それは渓の下流にあった一軒の旅館から上流の私の旅館まで帰って来る道であった。渓に沿って道は少し上りになっている。三四町もあったであろうか。その間には極く稀にしか電燈がついていなかった。今でもその数が数えられるように思う位だ。最初の電燈は旅館から街道へ出たところにあった。夏はそれに虫がたくさん集って来ていた。一匹の青蛙がいつもそこにいた。電燈の真下の電柱にいつもぴたりと身をつけているのである。暫らく見ていると、その青蛙はきまったように後足を変な風に曲げて、背中を搔く摸ねをした。電燈から落ちて来る小虫がひっつくのかもしれない。いかにも五月蠅そうにそれをやるのである。私はよくそれを眺めて立留っていた。いつも夜更けでいかにも静かな眺めであった。

しばらく行くと橋がある。その上に立って渓の上流の方を眺めると、黒ぐろとした山が空の正面に立塞がっていた。その中腹に一箇の電燈がついていて、その光がなんとなしに恐怖を呼び起した。バアーンとシンバルを叩いたような感じである。私はその橋を渡るたびに私の眼がいつもなんとなくそれを見るのを避けたがるのを感じていた。

下流の方を眺めると、渓が瀬をなして轟々と激していた。瀬の色は闇のなかでも白い。それはまた尻っ尾のように細くなって下流の闇のなかへ消えてゆくのである。渓の岸には杉林のなかに炭焼小屋があって、白い煙が切り立った山の闇を匍い登っていた。その煙は時として街道の上へ重苦しく流れて来た。だから街道は日によってはその樹脂臭い匂いや、また日によっては馬力の通った昼間の匂いを残していたりするのだった。

橋を渡ると道は渓に沿ってのぼってゆく。左は渓の崖。右は山の崖。行手に白い電燈がついている。それはある旅館の裏門で、それまでの真直ぐな道である。この闇のなかでは何も考えない。それは行手の白い電燈と道のほんの僅かの勾配のためである。

これは肉体に課せられた仕事を意味している。目ざす白い電燈のところまでゆきつくと、いつも私は息切れがして往来の上で立留った。呼吸困難。これはじっとしていなければいけないのである。用事もないのに夜更けの道に立ってぼんやり畑を眺めているような風をしている。しばらくするとまた歩き出す。

街道はそこから右へ曲っている。渓沿いに大きな椎の木がある。その木の闇は至って巨大だ。その下に立って見上げると、深い大きな洞窟のように見える。梟の声がその奥にしていることがある。道の傍らには小さな字があって、そこから射して来る光が、道の上に押被さった竹藪を白く光らせている。竹というものは樹木のなかで最も光に感じ易い。山のなかの所どころに簇れ立っている竹藪。彼等は闇のなかでもそのありかをほの白く光らせる。

そこを過ぎると道は切り立った崖を曲って、突如ひろびろとした展望のなかへ出る。眼界というものがこうも人の心を変えてしまうものだろうか。そこへ来ると私はいつも今が今まで私の心を占めていた煮え切らない考えを振るい落してしまったように感じるのだ。私の心には新しい決意が生れて来る。秘やかな情熱が静かに私を満たして来る。

この闇の風景は単純な力強い構成を持っている。左手には渓の向うを夜空を劃って爬虫の背のような尾根が蜿蜒と匍っている。黒ぐろとした杉林がパノラマのように廻って私の行手を深い闇で包んでしまっている。その前景のなかへ、右手からも杉山が傾きかかる。この山に沿って街道がゆく。行手は如何ともすることの出来ない闇である。この闇へ達するまでの距離は百米余りもあろうか。その途中にたった一軒だけ人家があって、楓のような木が幻燈のように光を浴びている。大きな闇の風景のなかでただそこだけがこんもり明るい。街道もその前では少し明るくなっている。しかし前方の闇はそのためになお一層暗くなり街道を呑みこんでしまう。

ある夜のこと、私は私の前を私と同じように提灯なしで歩いてゆく一人の男があるのに気がついた。それは突然その家の前の明るみのなかへ姿を現わしたのだった。男は明るみを背にしてだんだん闇のなかへはいって行ってしまった。私はそれを一種異様な感動を持って眺めていた。それは、あらわに云って見れば、「自分も暫らくすればあの男のように闇のなかへ消えてゆくのだ。誰かがここに立って見ていればやはりあんな風に消えてゆくのであろう」という感動なのであったが、消えてゆく男の姿はそんなにも感情的であった。

その家の前を過ぎると、道は渓に沿った杉林にさしかかる。右手は切り立った崖である。それが闇のなかである。なんという暗い道だろう。そこは月夜でも暗い。歩くにしたがって暗さが増してゆく。不安が高まって来る。それがある極点にまで達しようとするとき、突如ごおっという音が足下から起る。それは杉林の切れ目だ。ちょうど真下に当る瀬の音がにわかにその切れ目から押寄せて来るのだ。その音は凄まじい。気持にはある混乱が起って来る。大工とか左官とかそういった連中が渓のなかで不可思議な酒盛をしていて、その高笑いがワッハッハ、ワッハッハときこえて来るような気のすることがある。心が捩じ切れそうになる。するとその途端、道の行手にパッと一箇の電燈が見える。闇はそこで終ったのだ。

もうそこからは私の部屋は近い。電燈の見えるところが崖の曲角で、そこを曲れば直ぐ私の旅館だ。電燈を見ながらゆく道は心易い。私は最後の安堵とともにその道を歩いてゆく。しかし霧の夜がある。霧にかすんでしまって電燈が遠くに見える。行っても行ってもそこまで行きつけないような不思議な気持になるのだ。いつもの安堵が消えてしまう。遠い遠い気持になる。

闇の風景はいつ見ても変らない。私はこの道を何度ということなく歩いた。いつも同じ空想を繰返した。印象が心に刻みつけられてしまった。街道の闇、闇よりも濃い樹木の闇の姿はいまも私の眼に残っている。それを思い浮べるたびに、私は今いる都会のどこへ行っても電燈の光の流れている夜を薄っ汚なく思わないではいられないのである。

（一九三〇年九月）

交尾

その一

星空を見上げると、音もしないで何匹も蝙蝠（こうもり）が飛んでいる。その姿は見えないが、瞬間瞬間光を消す星の工合から、気味の悪い畜類の飛んでいるのが感じられるのである。

人びとは寝静まっている。――私の立っているのは、半ば朽ちかけた、家の物干場だ。ここからは家の裏横手の露路を見通すことが出来る。近所は、港に舫（もや）った無数の廻船のように、ただぎっしりと建て詰（つ）んだ家の、同じように朽ちかけた物干ばかりである。私は嘗（かつ）て独逸（ドイツ）のペッヒシュタイン*という画家の「市に嘆けるクリスト」という画の刷物を見たことがあるが、それは巨大な工場地帯の裏地のようなところで跪（ひざまず）いて祈っているキリストの絵像であった。その聯想（れんそう）から、私は自分の今出ている物干がなんとなくそうしたゲッセマネ*のような気がしないでもない。しかし私はキリストではない。夜中になって来ると病気の私の身体（からだ）は火照（ほて）り出し、そして眼が冴（さ）える。ただ妄想という怪獣の餌食（えじき）となりたくないためばかりに、私はここへ逃げ出して来て、少々身体には毒な夜露に打たれるのである。

どの家も寝静まっている。時どき力のない咳(せき)の音が洩(も)れて来る。昼間の知識から、私はそれが露路に住む魚屋の咳であることを聞きわける。この男はもう商売も辛(つら)いらしい。二階に間借りをしている男が、一度医者に見て貰(もら)えというのにどうしても聴かない。この咳はそんな咳じゃないと云(い)って隠そうとする。二階の男がそれを近所へ触れて歩く。肺病は陰忍な戦である。家賃を払う家が少なくて、医者の払いが皆目集まらないというこの町では、のように働いていた姿をまだ新しい記憶のなかに呼び起す。床についていた間というのは、だからいくらもないのである。実際こんな生活では誰でもが自ら絶望し、自ら死ななければならないのだろう。

魚屋が咳(せ)いている。可哀想だなあと思う。ついでに、私の咳がやはりこんな風に聞こえるのだろうかと、私の分として聴いてみる。

先程から露路の上には盛んに白いものが往来している。これはこの露路だけとは云わない。表通りも夜更(よふ)けになるとこの通りである。これは猫だ。私は何故(なぜ)この町では猫がこんなに我物顔に道を歩くのか考えてみたことがある。それによると第一この町には犬が殆(ほとん)どいないのである。犬を飼うのはもう少し余裕のある住宅である。その代り通りの家では商品を鼠にやられないために大抵猫を飼っている。犬がいなくて猫が多いのだから自然往来は猫が歩く。しかし、なんと云っても、これは図々しい不思議な気のする深夜の風景にはちがいない。彼等はブールヴァール*を歩く貴婦人のように悠々と歩く。また市役所の測量工夫のように辻から辻へ走ってゆくのである。

隣りの物干の暗い隅でガサガサという音が聞こえる。セキセイだ。小鳥が流行った時分にはこの町では怪我人まで出した。「一体誰がはじめにそんなものを欲しいと云い出したんだ」と人びとが思う時分には、尾羽打ち枯らしたいろいろな鳥が雀に混って餌を漁りに来た。もうそれも来なくなった。そして隣りの物干の隅には煤で黒くなった数匹のセキセイが生き残っているのである。昼間は誰もそれに注意を払おうともしない。ただ夜中になって変てこな物音をたてる生物になってしまったのである。

この時私は不意に驚ろいた。先程から露路をあちらへ行ったりこちらへ来たり、二匹の白猫が盛んに追っかけあいをしていたのであるが、この時ちょうど私の眼の下で、不意に彼等は小さな唸り声をあげて組打ちをはじめたのである。組打ちと云ってもそれは立って組打ちをしているのではない。寝転んで組打ちをしているのである。私は猫の交尾を見たことがあるがそれはこんなものではない。また仔猫同志がよくこんなに巫山戯ているがそれでもないようである。なにかよくはわからないが、とにかくこれは非常に艶めかしい所作であることは事実である。私はじっとそれを眺めていた。遠くの方から夜警のつく棒の音がして来る。その音のほかには町からは何の物音もしない。静かだ。そして私の眼の下では彼等がやはりだんだんまりで、しかも実に余念なく組打ちをしている。

彼等は抱き合っている。柔らかく噛み合っている。前肢でお互に突張り合いをしている。見ているうちに私はだんだん彼等の所作に惹き入れられていた。私は今彼等が噛み合っている気味の悪い噛み方や、今彼等が突張っている前肢の——それで人の胸を突張るときの可愛い力やを思い出した。どこまでも指を滑り込ませる温い腹の柔毛——今一方の奴はそれを揃えた後肢で踏んづけているのである。こんなに可愛い、不思議な、艶めかしい猫の有様を私はまだ見たことがなかった。暫らくすると彼等はお互にきつく抱き合ったまま少しも動かなくなってしまった。それを見ていると私は息が詰って来るような気がした。と、その途端露路のあちらの端から夜警の杖の音が急に露路へ響いて来た。

私はいつもこの夜警が廻って来ると家のなかへ這入ってしまうことにしていた。夜中おそく物干へ出ている姿などを私は見られたくなかった。尤も物干の一方の方へ寄っていれば見られないで済むのであるが、雨戸が開いている、それを見て大きい声を立てて注意をされたりすると尚のこと不名誉なので、彼がやって来ると匆々家のなかへ這入ってしまうのである。しかし今夜は私は猫がどうするか見届けたい気持でわざと物干へ身体を突出していることにきめてしまった。夜警はだんだん近づいて来る。猫は相変らず抱き合ったまま少しも動こうとしない。この互に絡み合っている二匹の白猫は私をして肆な男女の痴態を幻想させる。それから涯しのない快楽を私は抽き出すことが出来る。……

夜警はだんだん近づいて来た。この夜警は昼は葬儀屋をやっている、なんとも云えない陰気な感じのする男である。私は彼が近づいて来るにつれて、彼がこの猫を見てどんな態度に出るか、興味を起して来た。彼はやっともうあと二間ほどのところではじめてそれに気がついたらしく、立留った。眺めているらしい。彼がそうやって眺めているのを見ていると、どうやら私の深夜の気持にも人と一緒にものを見物しているような感じが起って来た。ところが猫はどうしたのかちっとも動かない。まだ夜警に気がつかないのだろうか。あるいはそうかも知れない。それとも多寡を括ってそのままにしているのだろうか。それはこういう動物の図々しいところでもある。彼等は人が危害を加える気遣いがないと落着き払って少し位追ってもなかなか逃げ出さない。それでいて実に抜目なく観察していて、人にその気配が兆すと見るや忽ち逃げ足に移る。

夜警は猫が動かないと見るとまた二足三足近づいた。するとおかしいことには二つの首がくるりと振向いた。しかし彼等はまだ抱き合っている。私は寧ろ夜警の方が面白くなって来た。すると夜警は彼の持っている杖をトンと猫の間近で突いて見せた。と、忽ち猫は二条の放射線となって露路の奥の方へ逃げてしまった。夜警はそれを見送ると、いつものようにつまらなそうに再び杖を鳴らしながら露路を立ち去ってしまった。物干の上の私には気づかないで。

その二

私は一度河鹿をよく見てやろうと思っていた。

河鹿を見ようと思えば先ず大胆に河鹿の鳴いている瀬のきわまで進んでゆくことが必要である。これはそろそろ近寄って行っても河鹿の隠れてしまうのは同じだからなるべく神速に行うのがいいのである。瀬のきわまで行ってしまえば今度は身をひそめて凝っとしてしまう。「俺は石だぞ。俺は石だぞ」と念じているような気持で少しも動かないのである。ただ眼だけはらんらんとさせている。ぼんやりしていれば河鹿は渓(たに)の石と見わけ憎い色をしているから何も見えないことになってしまうのである。やっと暫らくすると水の中やら石の蔭(かげ)から河鹿がそろそろと首を擡(もた)げはじめる。気をつけて見ていると実にいろんなところから——それが皆申し合せたように同じ位ずつ——恐る恐る顔を出すのである。既に私は石である。彼等は等しく恐怖をやり過ごした体(てい)で元の所へあがって来る。今度は私の一望の下に、余儀ないところで中断されていた彼等の求愛が encore* されるのである。

こんな風にして真近に河鹿を眺めていると、ときどき不思議な気持になることがある。芥川龍之介は人間が河童(かっぱ)の世界へ行く小説*を書いたが、河鹿の世界というものは案外手近にあるものだ。私は一度私の眼の下にいた一匹の河鹿から忽然(こつぜん)としてそんな世界へはいってしまった。その河鹿は瀬の石と石との間に出来た小さい流れの前へ立って、あの奇怪な顔附でじっと水の流れるのを見ていたのであるが、その姿が南画の河童とも漁師ともつかぬ点景人物そっくりになって来た、と思う間に彼の前の小さい流れがサーッと広びろとした江に変じてしまった。その瞬間私もまたその天地の孤客たることを感じたのである。

これはただこれだけの話に過ぎない。だが、こんな時こそ私は最も自然な状態で河鹿を眺めていたと云い得るのかもしれない。それより前私は一度こんな経験をしていた。

私は渓へ行って鳴く河鹿を一匹捕まえて来た。桶へ入れて観察しようと思ったのである。桶は浴場の桶だった。渓の石を入れて水を湛え、硝子で蓋をして座敷のなかへ持ってはいった。ところが河鹿はどうしても自然な状態になろうとしない。蠅を入れても蠅は水の上へ落ちてしまったなり河鹿とは別の生活をしている。私は退屈して湯に出かけた。そして忘れた時分になって座敷へ帰って来ると、チャブンという音が桶のなかでした。成程と思って早速桶の傍へ行って見ると、やはり先程の通り隠れてしまったきりで出て来ない。今度は散歩に出かける。帰って来ると、またチャブンという音がする。あとはやはり同じことである。その晩は、傍へ置いたまま、私は私で読書をはじめた。忘れてしまって身体を動かすとまた跳び込んだ。最も自然な状態で本を読んでいるところを見られてしまったのである。翌日、結局彼は「慌てて跳び込む」ということを私に教えただけで、身体へ部屋中の埃をつけて、私が明けてやった障子から渓の水音のする方へ跳んで行ってしまった。——これ以後私は二度とこの方法を繰返さなかった。彼等を自然に眺めるにはやはり渓へ行かなくてはならなかったのである。

それはある河鹿のよく鳴く日だった。河鹿の鳴く声は街道までよく聞こえた。私は街道から杉林のなかを通って何時もの瀬のそばへ下りて行った。渓向うの木立のなかでは瑠璃が美しく囀っていた。瑠璃は河鹿と同じくその頃の渓間をいかにも楽しいものに思わせる鳥だった。村人の話ではこの鳥は一つのホラ（山あいの木のたくさん繁ったところ）にはただ一羽しかいない。そして他の瑠璃がそのホラへはいって行くと喧嘩をして追い出してしまうと云う。私は瑠璃の鳴声を聞くといつもその話を思い出しそれを尤もだと思った。それはいかにも我と我が声の反響を楽しんでいる者の声だった。その声はよく透り、一日中変ってゆく渓あいの日射しのなかでよく響いた。その頃毎日のように渓間を遊び恍けていた私はよくこんなことを口ずさんだ。

——ニシビラへ行けばニシビラの瑠璃、セコノタキへ来ればセコノタキの瑠璃。

——

そして私の下りて来た瀬の近くにも同じような瑠璃が一羽いたのである。私は果して河鹿の鳴きしきっているのを聞くとさっさと瀬のそばまで歩いて行った。すると彼等の音楽ははたと止まった。しかし私は既定の方針通りにじっと蹲まっておればよいのである。しばらくして彼等はまた元通りに鳴き出した。この瀬には殊にたくさんの河鹿がいた。その声は瀬をどよもして響いていた。遠くの方から風の渡るように響いて来る。それは近くの瀬の波頭の間から高まって来て、眼の下の一団で高潮に達する。

その伝播は微妙で、絶えず湧き起り絶えず揺れ動く一つのまぼろしを見るようである。科学の教えるところによると、この地球にはじめて声を持つ生物が産れたのは石炭紀の両棲類だということである。だからこれがこの地球に響いた最初の生の合唱だと思うといくらか壮烈な気がしないでもない。実際それは聞く者の心を震わせ、胸をわくわくさせ、遂には涙を催させるような種類の音楽である。

私の眼の下にはこのとき一匹の雄がいた。そして彼もやはりその合唱の波のなかに漂いながら、ある間をおいては彼の喉を震わせていたのである。私は彼の相手がどこにいるのだろうかと捜して見た。流れを距てて一尺ばかり離れた石の蔭に温柔しく控えている一匹がいる。どうもそれらしい。暫らく見ているうちに私はそれが雄の鳴くたびに「ゲ・ゲ」と満足気な声で受答えをするのを発見した。そのうちに雄の声はだんだん冴えて来た。ひたむきに鳴くのが私の胸へも応えるほどになって来た。暫らくすると彼はまた突然に合唱のリズムを紊しはじめた。鳴く間がだんだん迫って来たのである。勿論雌は「ゲ・ゲ」とうなずいている。しかしこれは声の振わないせいか雄の熱情的なのに比べて少し呑気に見える。しかし今に何事かなくてはならない。私はその時の来るのを待っていた。すると、案の定、雄はその烈しい鳴き方をひたと鳴きやめたと思う間に、するすると石を下りて水を渡りはじめた。このときその可憐な風情(ぜい)ほど私を感動させたものはなかった。彼が水の上を雌に求め寄ってゆく、それは人間の子供が母親を見つけて甘え泣きに泣きながら駆け寄って行くときと少しも変ったことはない。「ギョ・ギョ・ギョ・ギョ」と鳴きながら泳いで行くのである。こんな一心にも可憐な求愛があるものだろうか。それには私はすっかりあてられてしまったのである。

勿論彼は幸福に雌の足下へ到(いた)り着いた。それから彼等は交尾した。爽(さわ)やかな清流のなかで。――しかし少なくとも彼等の痴情の美しさは水を渡るときの可憐さに如(し)かなかった。世にも美しいものを見た気持で、暫らく私は瀬を揺がす河鹿の声のなかに没していた。

（一九三〇年十二月）

のんきな患者

一

吉田は肺が悪い。寒になって少し寒い日が来たと思ったら、すぐその翌日から高い熱を出してひどい咳になってしまった。胸の臓器を全部押上げて出してしまおうとしているかのような咳をする。四五日経つともうすっかり痩せてしまった。咳もあまりしない。しかしこれは咳が癒ったのではなくて、咳をするための腹の筋肉がすっかり疲れ切ってしまったからで、彼等が咳をするのを肯んじなくなってしまったかららしい。それにもう一つは心臓がひどく弱ってしまって、一度咳をしてそれを乱してしまうと、それを再び鎮めるまでに非常に苦しい目を見なければならない。つまり咳をしなくなったというのは、身体が衰弱してはじめてのときのような元気がなくなってしまったからで、それが証拠には今度はだんだん呼吸困難の度を増して浅薄な呼吸を数多くしなければならなくなって来た。

病勢がこんなになるまでの間、吉田はこれを人並の流行性感冒のように思って、またしても「明朝はもう少しよくなっているかもしれない」と思ってはその期待に裏切られたり、今日こそは医者を頼もうかと思ってはむだに辛抱をしたり、何時までもひどい息切れを冒しては便所へ通ったり、そんな本能的な受身なことばかりやっていた。そしてやっと医者を迎えた頃には、もうげっそり頬もこけてしまって、身動きも出来なくなり、二三日のうちにははや褥瘡のようなものまでが出来かかって来るという弱り方であった。或る日はしきりに「こうっと」「こうっと」というようなことを殆ど一日云っている。そういうときはきまって夜で、どこから来るともしれない不安が吉田の弱り切った神経を堪らなくするのであった。

吉田はこれまで一度もそんな経験をしたことがなかったので、そんなときは第一にその不安の原因に思い悩むのだった。一体ひどく心臓でも弱って来たんだろうか、それともこんな病気にはあり勝ちな、不安ほどにはないなにかの現象なんだろうか、それとも自分の過敏になった神経がなにかの苦痛をそういう風に感じさせるんだろうか。――吉田は殆ど身動きも出来ない姿勢で身体を鯱硬張らせたまま辛うじて胸へ呼吸を送っていた。そして今若し突如この平衡を破るものが現われたら自分はどうなるかしれないということを思っていた。だから吉田の頭には地震とか火事とか一生に一度遭うか二度遭うかというようなものまでが真剣に写っているのだった。また吉田がこの状態を続けてゆくと云うのには絶えない努力感の緊張が必要であって、もしその綱渡りのような努力になにか不安の影が射せばたちどころに吉田は深い苦痛に陥らざるを得ないのだった。――しかしそんなことはいくら考えても決定的な知識のない吉田にはその解決がつくはずはなかった。その原因を臆測するにもまたその正否を判断するにも結局当の自分の不安の感じに由る外はないのだとすると、結局それは何をやっているのか訳のわからないことになるのは当然のことなのだったが、しかしそんな状態にいる吉田にはそんな諦めがつくはずはなく、いくらでもそれは苦痛を増して行くことになるのだった。

第二に吉田を苦しめるのはこの不安には手段があると思うことだった。それは人に医者へ行って貰うことと誰かに寝ずの番についていて貰うことだった。しかし吉田は誰もみな一日の仕事をすましてそろそろ寝ようとする今頃になって、半里もある田舎道を医者へ行って来てくれとか、六十も越してしまった母親に寝ずについていてくれとか云うことは云い出し憎かった。またそれを思い切って頼む段になると、吉田は今のこの自分の状態をどうしてわかりの悪い母親にわからしていいか、――それよりも自分が辛うじてそれを云うことが出来ても、じっくりとした母親の平常の態度でそれを考えられたり、またその使いを頼まれた人間がその使いを行き渋ったりするときのことを考えると、実際それは吉田にとって泰山を動かすような空想になってしまうのだった。しかし何故(なぜ)不安になって来るか――もう一つ精密に云うと――何故不安が不安になって来るかというと、これからだんだん人が寝てしまって医者へ行って貰うということも本当に出来なくなるということや、そして母親も寝てしまってあとはただ自分一人が荒涼とした夜の時間のなかへ取残されるということや、そして若しその時間の真中でこのえたいの知れない不安の内容が実現するようなことがあればもはや自分はどうすることも出来ないではないかというようなことを考えるからで――だからこれは目をつぶって「辛抱するか、頼むか」ということを決める以外それ自身のなかには何等解決の手段も含んでいない事柄なのであるが、たとえ吉田は漠然とそれを感じることが出来ても、身体も心も抜差しのならない自分の状態であってみればなおのことその迷妄を捨て切ってしまうことも出来ず、その結果はあがきのとれない苦痛がますます増大してゆく一方となり、そのはてにはもうその苦しさだけにも堪え切れなくなって「こんなに苦しむ位なら一(いっ)そのこと云ってしまおう」と最後の決心をするようになるのだが、そのときはもう何故か手も足も出なくなったような感じで、その傍(そば)に坐(すわ)っている自分の母親がいかにも歯痒(はがゆ)いのんきな存在に見え、「此処(ここ)と其処(そこ)だのに何故これを相手にわからすことが出来ないのだろう」と胸のなかの苦痛をそのまま掴(つか)

み出して相手に叩きつけたいような癇癪が吉田には起って来るのだった。

しかし結局はそれも「不安や」「不安や」という弱々しい未練一杯の訴えとなって終ってしまうほかないので、それも考えてみれば未練とは云ってもやはり夜中なにか起ったときには相手をはっと気づかせることの役には立つという切羽つまった下心もはいっているにはちがいなく、そうすることによってやっと自分一人が寐られないで取残される夜の退引ならない辛抱をすることになるのだった。

吉田は何度「己が気持よく寐られさえすれば」と思ったことかしれなかった。こんな不安も吉田がその夜を睡むる当てさえあれば何の苦痛でもないので、苦しいのはただ自分が昼にも夜にも睡眠ということを勘定に入れることが出来ないということだった。吉田は胸のなかがどうにかして和らんで来るまでは否でも応でも何時も身体を鯱硬張らして夜昼を押し通していなければならなかった。そして睡眠は時雨空の薄日のように、その上を時々やって来ては消えてゆく殆ど自分とは没交渉なものだった。吉田はいくら一日の看護に疲れても寝るときが来ればいつでもすやすやと寐て行く母親がいかにも楽そうにもまた薄情にも見え、しかし結局これが己の今やらなければならないことなんだと思い諦めてまたその努力を続けてゆく外なかった。

そんなある晩のことだった。吉田の病室へ突然猫が這入って来た。その猫は平常吉田の寝床へ這入って寝るという習慣があるので吉田がこんなになってからは喧ましく云って病室へは入れない工夫をしていたのであるが、その猫がどこから這入って来たのか不意にニャアといういつもの鳴声とともに部屋へ這入って来たときには吉田は一時に不安と憤懣の念に襲われざるを得なかった。吉田は隣室に寝ている母親を呼ぶことを考えたが、母親はやはり流行性感冒のようなものにかかって二三日前から寝ているのだった。そのことについては吉田は自分のことも考え、また母親のことも考えて看護婦を呼ぶことを提議したのだったが、母親は「自分さえ辛抱すればやって行ける」という吉田にとっては非常に苦痛な考えを固執していてそれを取上げなかった。そしてこんな場合になっては吉田はやはり一匹の猫位でその母親を起すということは出来難い気がするのだった。吉田はまた猫のことには「こんなことがあるかもしれないと思ってあんなにも神経質に云ってあるのに」と思って自分が神経質になることによって払った苦痛の犠牲が手応えもなくすっぽかされてしまったことに憤懣を感じないではいられなかった。しかし今自分は癇癪を立てることによって少しの得もすることはないと思うと、その訳のわからない猫をあまり身動きも出来ない状態で立ち去らせることの如何にまた根気のいる仕事であるかを思わざるを得なかった。

猫は吉田の枕のところへやって来るといつものように夜着の襟元から寝床のなかへ

もぐり込もうとした。吉田は猫の鼻が冷たくてその毛皮が戸外の霜で濡れているのをその頰で感じた。即ち吉田は首を動かしてその夜着の隙間を塞いだ。すると猫は大胆にも枕の上へあがって来てまた別の隙間へ遮二無二首を突込もうとした。吉田はそろそろあげて来てあった片手でその鼻先を押しかえした。このようにして懲罰ということ以外に何もしらない動物を、極度に感情を押し殺した僅かの身体の運動で立ち去らせるということは、訳のわからないその相手を殆ど懐疑に陥れることによって諦めさすというような切羽つまった方法を意味していた。しかしそれがやっとのことで成功したと思うと、方向を変えた猫は今度はのそのそと吉田の寝床の上へあがってそこで丸くなって毛を甜めはじめた。そこへ行けばもう吉田にはどうすることも出来ない場所である。薄氷を踏むような吉田の呼吸が遽かにずしりと重くなった。吉田はいよいよ母親を起そうかどうしようかということで抑えていた癇癪を昂ぶらせはじめた。吉田にとってはそれを辛抱することは出来なくないことかもしれなかった。しかしその辛抱をしている間はたとえ寝たか寝ないかわからないような睡眠ではあったが、その可能性が全然なくなってしまうことを考えなければならなかった。そしてそれを何時まで持ち耐えなければならないかということは全く猫次第であり、何時起きるかしれない母親次第だと思うと、どうしてもそんな馬鹿馬鹿しい辛抱は仕切れない気がするのだった。しかし母親を起すことを考えると、こんな感情を抑えて恐らく何度も呼ばなければならないだろうという気持だけでも吉田は全く大儀な気になってしまうのだった。――暫らくして吉田はこの間から自分で起したことのなかった身体をじりじり起しはじめた。そして床の上へやっと起きかえったかと思うと、寝床の上に丸くなって寝ている猫をむんずと掴まえた。吉田の身体はそれだけの運動でもう浪のように不安が揺れはじめた。しかし吉田はもうどうすることも出来ないので、いきなりそれをそれの這入って来た部屋の隅へ「二度と手間のかからないように」叩きつけた。そして自分は寝床の上であぐらをかいてそのあとの恐ろしい呼吸困難に身を委せたのだった。

二

しかし吉田のそんな苦しみもだんだん耐え難いようなものではなくなって来た。吉田は自分にやっと睡眠らしい睡眠が出来るようになり、「今度はだいぶんひどい目に会った」ということを思うことが出来るようになると、やっと苦しかった二週間ほどのことが頭へのぼって来た。それは思想もなにもないただ荒々しい岩石の重畳する風景だった。しかしそのなかでも最もひどかった咳の苦しみの最中に、いつも自分の頭へ浮んで来る訳のわからない言葉があったことを吉田は思い出した。それは「ヒルカニヤの虎」という言葉だった。それは咳の喉を鳴らす音とも聯関があり、それを吉田が観念するのは「俺はヒルカニヤの虎だぞ」というようなことを念じるからなのだったが、一体その「ヒルカニヤの虎」というものがどんなものであったか吉田はいつも咳のすんだあと妙な気持がするのだった。吉田は何かきっとそれは自分の寐つく前に読んだ小説かなにかのなかにあったことにちがいないと思うのだったがそれが思い出せなかった。また吉田は「自己の残像」というようなものがあるものなんだなというようなことを思ったりした。それは吉田がもうすっかり咳をするのに疲れてしまって頭を枕へ凭らせていると、それでもやはり小さい咳が出て来る、しかし吉田はもうそんなものに一々頸を固くして応じてはいられないと思ってそれが出るままにさせておくと、どうしてもやはり頭はその度に動かざるを得ない。するとその「自己の残像」というものがいくつも出来るのである。

しかしそんなこともみな苦しかった二週間ほどの間の思い出であった。同じ寐られない晩にしても吉田の心にはもうなにかの快楽を求めるような気持の感じられるような晩もあった。

或る晩は吉田は煙草を眺めていた。床の脇にある火鉢の裾に刻煙草の袋と煙管とが見えている。それは見えているというよりも、吉田が無理をして見ているので、それを見ているということが何とも云えない楽しい気持を自分に起させていることを吉田は感じていた。そして吉田の寐られないのはその気持のためで、云わばそれは稍〻楽しすぎる気持なのだった。そして吉田は自分の頰がそのために少しずつ火照ったようになって来ているということさえ知っていた。しかし吉田は決してほかを向いて寐ようという気はしなかった。そうすると折角自分の感じている春の夜のような気持が一時に病気病気した冬のような気持になってしまうのだった。しかし寐られないということも吉田にとっては苦痛であった。吉田は何時か不眠症ということについて、それの原因は結局患者が眠ることを欲しないのだという学説があることを人に聞かされていた。吉田はその話を聞いてから自分の睡むれないときには何か自分に睡むるのを欲しない気持がありはしないかと思って一夜それを検査してみるのだったが、今自分が寐られないということについては検査してみるまでもなく吉田にはそれがわかっていた。しかし自分がその隠れた欲望を実行に移すかどうかという段になると吉田は一も二もなく否定せざるを得ないのだった。煙草を喫うも喫わないも、その道具の手の届くところへ行きつくだけでも、自分の今のこの春の夜のような気持は一時に吹き消されてしまわなければならないということは吉田も知っていた。そして若しそれを一服喫ったとする場合、この何日間か知らなかったどんな恐ろしい咳の苦しみが襲って来るかということも吉田は大概察していた。そして何よりもまず、少し自分がその人の故で苦しい目をしたというような場合直ぐに癇癪を立てておこりつける母親の寐ている隙に、それもその人の忘れて行った煙草を——と思うとやはり吉田は一も二もなくその欲望を否定せざるを得なかった。だから吉田は決してその欲望をあらわには意識しようとは思わない。そしていつまでもその方を眺めては寐られない春の夜のような心のときめきを感じているのだった。

或る日は吉田はまた鏡を持って来させてそれに枯れ枯れとした真冬の庭の風景を反射させては眺めたりした。そんな吉田にはいつも南天の赤い実が眼の覚めるような刺戟で眼についた。また鏡で反射させた風景へ望遠鏡を持って行って、望遠鏡の効果があるものかどうかということを、吉田はだいぶんながい間寝床のなかで考えたりした。大丈夫だと吉田は思ったので、望遠鏡を持って来させて鏡を重ねて覗いて見るとやはり大丈夫だった。

或る日は庭の隅に接した村の大きな櫟の木へたくさん渡り鳥がやって来ている声がした。

「あれは一体何やろ」

吉田の母親はそれを見つけて硝子障子のところへ出て行きながら、そんな独り言のような吉田に聞かすようなことを云うのだったが、癇癪を起すのに慣れ続けた吉田は、「勝手にしろ」というような気持でわざと黙り続けているのだった。しかし吉田がそう思って黙っているというのは吉田にしてみればいい方で、若しこれが気持のよくないときだったら自分のその沈黙が苦しくなって、（一体そんなことを聞くような聞かないようなことを云って自分がそれを眺めることが出来ると思っているのか）というようなことから始まって、母親が自分のそんな意志を否定すれば、（いくらそんなことを云ってもぼんやり自分がそう思って云ったということに自分が気がつかないだけの話で、いつもそんなぼんやりしたことを云ったりしたりするから無理にでも自分が鏡と望遠鏡とを持ってそれを眺めなければならないような義務を感じたりして苦しくなるのじゃないか）という風に母親を攻めたてて行くのだったが、吉田は自分の気持がそういう朝でさっぱりしているので、黙ってその声をきいていることが出来るのだった。すると母親は吉田がそんなことを考えているということには気がつかずにまたこんなことを云うのだった。

「なんやらヒヨヒヨした鳥やわ」

「そんなら鵯ですやろうかい」

吉田は母親がそれを鵯に極めたがってそんな形容詞を使うのだということが大抵わかるような気がするのでそんな返事をしたのだったが、しばらくすると母親はまた吉田がそんなことを思っているとは気がつかずに、

「なんやら毛がムクムクしているわ」

吉田はもう癇癪を起すよりも母親の思っていることが如何にも滑稽になって来たので、

「そんなら椋鳥ですやろうかい」

と云って独りで笑いたくなって来るのだった。

そんな或る日吉田は大阪でラジオ屋の店を開いている末の弟の見舞をうけた。

その弟のいる家というのはその何カ月か前まで吉田や吉田の母や弟やの一緒に住んでいた家であった。そしてそれはその五六年も前吉田の父がその学校へ行かない吉田の末の弟に何か手に合った商売をさせるために、そして自分達もその息子を仕上げながら老後の生活をして行くために買った小間物店で、吉田の弟はその店の半分を自分の商売にする積りのラジオ屋に造り変え、小間物屋の方は吉田の母親が見ながらずっと暮して来たのであった。それは大阪の市が南へ南へ伸びて行こうとして十何年か前

まではまだ草深い田舎であった土地をどんどん住宅や学校、病院などの地帯にしてしまい、その間へはまた多くはそこの地元の百姓であった地主たちの建てた小さな長屋がたくさん出来て、野原の名残りが年毎にその影を消して行きつつあるという風の町なのであった。吉田の弟の店のあるところはその間でも比較的早くから出来ていた通筋で両側はそんな町らしい、いろんなものを商う店が立ち並んでいた。

吉田は東京から病気が悪くなってその家へ帰って来たのが二年あまり前であった。吉田の帰って来た翌年吉田の父はその家で死んで、しばらくして吉田の弟も兵隊に行っていたのから帰って来ていよいよ落着いて商売をやって行くことになり嫁を貰った。そしてそれを機会に一先ず吉田も吉田の母も弟も、それまで外で家を持っていた吉田の兄の家の世話になることになり、その兄がそれまで住んでいた町から少し離れた田舎に、病人を住ますに都合のいい離家のあるいい家が見つかったのでそこへ引越したのがまだ三カ月ほど前であった。

吉田の弟は病室で母親を相手に暫らく当り触りのない自分の家の話などをしていたがやがて帰って行った。しばらくしてそれを送って行った母が部屋へ帰って来て、また暫らくしてのあとで、母は突然、

「あの荒物屋の娘が死んだと」

と云って吉田に話しかけた。

「ふうむ」

吉田はそう云ったなり弟がその話をこの部屋ではしないで送って行った母と母屋の方でしたということを考えていたが、やはり弟の眼にはこの自分がそんな話も出来ない病人に見えたかと思うと、「そうかなあ」という風にも考えて、

「何であれもそんな話を彼方の部屋でしたりするんですやろなあ」

という風なことを云っていたが、

「それゃお前がびっくりすると思うてさ」

そう云いながら母は自分がそれを云ったことは別に意に介してないらしいので吉田は直ぐにも「それじゃあんたは？」と聞きかえしたくなるのだったが、今はそんなことを云う気にもならず吉田はじっとその娘の死んだということを考えていた。

吉田は以前からその娘が肺が悪くて寝ているということは聞いて知っていた。その荒物屋というのは吉田の弟の家から辻を一つ越した二三軒先のくすんだ感じの店だった。吉田はその店にそんな娘が坐っていたことはいくら云われても思い出せなかったが、その家のお婆さんというのはいつも近所へ出歩いているのでよく見て知っていた。吉田はそのお婆さんからはいつも少し人の好過ぎる稍〻腹立たしい印象をうけていた

のであるが、それはそのお婆さんがまたしても変な笑い顔をしながら近所のおかみさんたちとお喋りをしに出て行っては、弄りものにされている——そんな場面をたびたび見たからだった。しかしそれは吉田の思い過ぎで、それはそのお婆さんが聾で人に手真似をして貰わないと話が通じず、しかも自分は鼻のつぶれた声で物を云うので一層人に軽蔑的な印象を与えるからで、それは多少人々には軽蔑されてはいても、面白半分にでも手真似で話してくれる人があり、鼻のつぶれた声でもその話を聞いてくれる人があってこそ、そのお婆さんも何の気兼もなしに近所仲間の仲間入りが出来るので、それが飾りもなにもないこうした町の生活の真実なんだということはいろいろなことを知って見てはじめて吉田にも会得のゆくことなのだった。

　そんな風ではじめ吉田にはその娘のことよりもお婆さんのことがその荒物屋についての知識を占めていたのであるが、だんだんその娘のことが自分のことにも関聯して注意されて来たのはだいぶんその娘の容態も悪くなって来てからであった。近所の人の話ではその荒物屋の親爺さんというのが非常に吝嗇で、その娘を医者にもかけてやらなければ薬も買ってやらないということであった。そしてただその娘の母親であるさっきのお婆さんだけがその娘の世話をしていて、娘は二階の一と間に寝たきり、その親爺さんも息子もそしてまだ来て間のないその息子の嫁も誰もその病人には寄りつかないようにしているということを云っていた。そして吉田はあるときその娘が毎日食後に目高を五匹ずつ嚥んでいるという話をきいたときは「どうしてまたそんなものを」という気持がしてにわかにその娘を心にとめるようになったのだが、しかしそれは吉田にとってまだまだ遠い他人事の気持なのであった。

ところがその後しばらくしてそこの嫁が吉田の家へ掛取りに来たとき、家の者と話をしているのを吉田がこちらの部屋のなかで聞いていると、その目高を嚥むようになってから病人が工合がいいと云っているということや、親爺さんが十日に一度位それを野原の方へ取りに行くという話などをしてから最後に、

「うちの網は何時でも空いてますよって、お家の病人さんにもちっと取って来て飲ましてあげはったらどうです」

というような話になって来たので吉田は一時に狼狽してしまった。吉田は何よりも自分の病気がそんなにも大っぴらに話されるほど人々に知られているのかと思うと今更のように驚ろかないではいられないのだったが、しかし考えてみれば勿論それは無理のない話で、今更それに驚ろくというのはやはり自分が平常自分について虫のいい想像をしているんだということを吉田は思い知らなければならなかったのだった。だが吉田にとってまた生々しかったのはその目高を自分にも飲ましたらと云われたこと

だった。あとでそれを家の者が笑って話したとき、吉田は家の者にもやはりそんな気があるのじゃないかと思って、もうちょっとその魚を大きくしてやる必要があると云って悪まれ口を叩いたのだが、吉田はそんなものを飲みながらだんだん死期に近づいてゆく娘のことを想像すると堪らないような憂鬱な気持になるのだった。そしてその娘のことについてはそれきりで吉田はこちらの田舎の住居の方へ来てしまったのだったが、それからしばらくして吉田の母が弟の家へ行って来たときの話に、吉田は突然その娘の母親が死んでしまったことを聞いた。それはそのお婆さんが或る日上り框から座敷の長火鉢の方へあがって行きかけたまま脳溢血かなにかで死んでしまったというので非常にあっけない話であったが、吉田の母親はあのお婆さんに死なれてはあの娘も一遍に気を落してしまっただろうとそのことばかりを心配した。そしてそのお婆さんが平常あんなに見えていても、その娘を親爺さんには内証で市民病院へ連れて行ったり、また娘が寝たきりになってからは窃に薬を貰いに行ってやったりしたことがあるということを、あるときそのお婆さんが愚痴話に吉田の母親をつかまえて話したことがあると云って、やはり母親は母親だということを云うのだった。吉田はその話には非常にしみじみとしたものを感じて平常のお婆さんに対する考えもすっかり変ってしまったのであるが、吉田の母親はまた近所の人の話だと云って、そのお婆さんの死んだあとは例の親爺さんがお婆さんに代って娘の面倒をみてやっていること、それがどんな工合にいっているのか知らないが、その親爺さんが近所へ来ての話に「死んだ婆さんは何一つ役に立たん婆さんやったが、ようまああの二階のあがり下りを一日に三十何遍もやったもんやと思うてそれだけは感心する」と云っていたということを吉田に話して聞せたのだった。

そしてそこまでが吉田が最近までに聞いていた娘の消息だったのだが、吉田はそんなことをみな思い出しながら、その娘の死んで行った淋しい気持などを思い遣っているうちに、不知不識の間にすっかり自分の気持が便りない変な気持になってしまっているのを感じた。吉田は自分が明るい病室のなかにい、そこには自分の母親もいながら、何故か自分だけが深いところへ落ち込んでしまって、そこへは出て行かれないような気持になってしまった。

「やっぱり吃驚しました」

それからしばらく経って吉田はやっと母親にそう云ったのであるが母親は、

「そうやろがな」

却って吉田にそれを納得さすような口調でそう云ったなり、別に自分がそれを云ったことについては何も感じないらしく、またいろいろその娘の話をしながら最後に、

「あの娘はやっぱりあのお婆さんが生きていてやらんことには、――あのお婆さんが死んでからまだ二た月にもならんでなあ」と嘆じて見せるのだった。

三

吉田はその娘の話からいろいろなことを思い出していた。第一に吉田が気付くのは吉田がその町からこちらの田舎へ来てまだ何カ月にもならないのに、その間に受けとったその町の人の誰かの死んだという便りの多いことだった。吉田の母は月に一度か二度そこへ行って来る度に必ずそんな話を持って帰った。そしてそれは大抵肺病で死んだ人の話なのだった。そしてその話をきいているとそれらの人達の病気にかかって死んで行ったまでの期間は非常に短かかった。ある学校の先生の娘は半年ほどの間に死んでしまって今はまたその息子が寝ついてしまっていた。通筋の毛糸雑貨屋の主人はこの間まで店へ据えた毛糸の織機で一日中毛糸を織っていたが、急に死んでしまって、家族が直ぐ店を畳んで国へ帰ってしまったそのあとは直きカフェーになってしまった。――

そして吉田は自分は今はこんな田舎にいてたまにそんなことをきくから、いかにもそれを顕著に感ずるが、自分がいた二年間という間もやはりそれと同じように、そんな話が実に数知れず起っては消えていたんだということを思わざるを得ないのだった。

吉田は二年ほど前病気が悪くなって東京の学生生活の延長からその町へ帰って来たのであるが、吉田にとってはそれは殆どはじめての意識して世間というものを見る生活だった。しかしそうはいっても吉田は、いつも家の中に引込んでいて、そんな知識というものは大抵家の者の口を通じて吉田にはいって来るのだったが、吉田はさっきの荒物屋の娘の目高のように自分にすすめられた肺病の薬というものを通じて見ても、そういう世間がこの病気と戦っている戦の暗黒さを知ることが出来るのだった。

最初それはまだ吉田が学生だった頃、この家へ休暇に帰って来たときのことだった。帰って来て匆々吉田は自分の母親から人間の脳味噌の黒焼を飲んでみないかと云われて非常に嫌な気持になったことがあった。吉田は母親がそれをおずおずでもない一種変な口調で云い出したとき、一体それが本気なのかどうなのか、何度も母親の顔を見返すほど妙な気持になった。それは吉田が自分の母親がこれまで滅多にそんなことを云う人間ではなかったことを信じていたからで、その母親が今そんなことを云い出しているかと思うと何となく妙な頼りないような気持になって来るのだった。そして母親がそれをすすめた人間から既に少しばかりそれを貰って持っているのだということを聞かされたとき吉田は全く嫌な気持になってしまった。

母親の話によるとそれは青物を売りに来る女があって、その女といろいろ話をしているうちにその肺病の特効薬の話をその女がはじめたというのだった。その女には肺病の弟があってそれが死んでしまった。そしてそれを村の焼場で焼いたとき、寺の和尚さんがついていて、

「人間の脳味噌の黒焼はこの病気の薬だから、あなたも人助けだからこの黒焼を持っていて、若しこの病気で悪い人に会ったら頒けてあげなさい」

そう云って自分でそれを取出してくれたというのであった。吉田はその話のなかから、もう何の手当も出来ずに死んでしまったその女の弟、それを葬ろうとして焼場に立っている姉、そして和尚と云っても何だか頼りない男がそんなことを云って焼け残った骨をつついている焼場の情景を思い浮べることが出来るのだったが、その女がその言葉を信じてほかのものではない自分の弟の脳味噌の黒焼をいつまでも身近に持っていて、そしてそれをこの病気で悪い人に会えばくれてやろうという気持には、何かしら堪え難いものを吉田は感じないではいられないのだった。そしてそんなものを貰ってしまって、大抵自分が嚥まないのはわかっているのに、そのあとを一体どうする積りなんだと、吉田は母親のしたことが取返しのつかないいやなことに思われるのだ

ったが、傍にきいていた吉田の末の弟も、

「お母さん、もう今度からそんなこと云うのん嫌でっせ」

と云ったので何だか事件が滑稽になって来て、それはそのままに鳧がついてしまったのだった。

この町へ帰って来てしばらくしてから吉田はまた首縊りの縄を「まあ馬鹿なことやと思うて」嚥んでみないかと云われた。それをすすめた人間は大和で塗師をしている男でその縄をどうして手に入れたかという話を吉田にして聞かせた。

それはその町に一人の鰥夫の肺病患者があって、その男は病気が重ったまま殆ど手当をする人もなく、一軒の荒ら家に捨て置かれてあったのであるが、とうとう最近になって首を縊って死んでしまった。するとそんな男にでもいろんな借金があって、死んだとなるといろんな債権者がやって来たのであるが、その男に家を貸していた大家がそんな人間を集めてその場でその男の持っていたものを競売にして後始末をつけることになった。ところがその品物のなかで最も高い値が出たのはその男が首を縊った縄で、それが一寸二寸という風にして買い手がついて、大家はその金でその男の簡単な葬式をしてやったばかりでなく自分のところの滞っていた家賃もみな取ってしまったという話であった。

吉田はそんな話を聞くにつけても、そういう迷信を信じる人間の無智に馬鹿馬鹿しさを感じない訳に行かなかったけれども、考えてみれば人間の無智というのはみな程度の差で、そう思って馬鹿馬鹿しさの感じを取除いてしまえば、あとに残るのはそれらの人間の感じている肺病に対する手段の絶望と、病人達の何としてでも自分のよくなりつつあるという暗示を得たいという二つの事柄なのであった。

また吉田はその前の年母親が重い病気にかかって入院したとき一緒にその病院へついて行っていたことがあった。そのとき吉田がその病舎の食堂で、何心なく食事した後ぼんやりと窓に映る風景を眺めていると、いきなりその眼の前へ顔を近付けて、非常に押殺した力強い声で、

「心臓へ来ましたか？」

と耳打をした女があった。はっとして吉田がその女の顔を見ると、それはその病舎の患者の附添に雇われている附添婦の一人で、勿論そんな附添婦の顔触にも毎日のように変化はあったが、その女はその頃露悪的な冗談を云っては食堂へ集って来る他の附添婦たちを牛耳っていた中婆さんなのだった。

吉田はそう云われて何のことかわからずにしばらく相手の顔を見ていたが、直ぐに「ああ成程」と気のついたことがあった。それは自分がその庭の方を眺めはじめた前

に、自分が咳をしたということなのだった。そしてその女は自分が咳をしてから庭の方を向いたのを勘違いして、てっきりこれは「心臓へ来た」と思ってしまったのだと吉田は悟ることが出来た。そして咳が不意に心臓の動悸を高めることがあるのは吉田も自分の経験で知っていた。それで納得の行った吉田ははじめてそうではない旨を返事すると、その女はその返事には委細かまわずに、

「その病気に利くええ薬を教えたげまひょか」

と、また脅かすように力強い声でじっと吉田の顔を覗き込んだのだった。吉田は一にも二にも自分が「その病気」に見込まれているのが不愉快ではあったが、

「一体どんな薬です？」

と素直に聞き返してみることにした。するとその女はまたこんなことを云って吉田を閉口させてしまうのだった。

「それは今此処で教えてもこの病院では出来まへんで」

そしてそんな物々しい駄目をおしながらその女の話した薬というのは、素焼の土瓶へ鼠の仔を捕って来て入れてそれを黒焼にしたもので、それをいくらかずつか極く少ない分量を飲んでいると、「一匹食わんうちに」癒るというのであった。そしてその「一匹食わんうちに」という表現でまたその婆さんは可怕い顔をして吉田を睨んで見

せるのだった。吉田はそれですっかりその婆さんに牛耳られてしまったのであるが、その女の自分の咳に敏感であったことや、そんな薬のことなどを思い合せてみると、吉田はその女は附添婦という商売柄ではあるが、きっとその女の近い肉親にその病気のものを持っていたのにちがいないということを想像することが出来るのであった。そして吉田が病院へ来て以来最もしみじみした印象をうけていたものはこの附添婦という寂しい女達の群のことであって、それらの人達はみな単なる生活の必要というだけではなしに、夫に死別れたとか年が寄って養い手がないとか、どこかにそうした人生の不幸を烙印されている人達であることを吉田は観察していたのであるが、あるいはこの女もそうした肉親をその病気で、なくすることによって、今こんなにして附添婦などをやっているのではあるまいかということを、吉田はそのときふと感じたのだった。

吉田は病気のためにたまにこうした機会にしか直接世間に触れることがなかったのであるが、そしてその触れた世間というのはみな吉田が肺病患者だということを見破って近付いて来た世間なのであるが、病院にいる一と月ほどの間にまた別なことに打つかった。

それは或る日吉田が病院の近くの市場へ病人の買物に出かけたときのことだった。

吉田がその市場で用事を足して帰って来ると往来に一人の女が立っていて、その女がまじまじと吉田の顔を見ながら近付いて来て、

「もしもし、あなた失礼ですが……」

と吉田に呼びかけたのだった。吉田は何事かと思って、

「？」

とその女を見返したのであるが、そのとき吉田の感じていたことは多分この女は人違いでもしているのだろうということで、そういう往来のよくある出来事が大抵好意的な印象で物分れになるように、このときも吉田はどちらかと云えば好意的な気持を用意しながらその女の云うことを待ったのだった。

「ひょっとしてあなたは肺がお悪いのじゃありませんか」

いきなりそう云われたときには吉田は少なからず驚ろいた。しかし吉田にとって別にそれは珍らしいことではなかったし、無躾（ぶしつけ）なことを聞く人間もあるものだとは思いながらも、その女の一心に吉田の顔を見つめるなんとなく知性を欠いた顔附から、その言葉の次にまだ何か人生の大事件でも飛出すのではないかという気持もあって、

「ええ、悪いことは悪いですが、何か……」

と云うと、その女はいきなりとめどもなく次のようなことを云い出すのだった。そ

れはその病気は医者や薬では駄目なこと、やはり信心をしなければ到底助かるものではないこと、そして自分も配偶があったがとうとうその病気で死んでしまって、その後自分も同じように悪かったのであるが信心をはじめてそれでとうとう助かることが出来たこと、だからあなたも是非信心をして、その病気を癒せ――ということを縷々として述べたてるのであった。その間吉田は自然その話よりも話をする女の顔の方に深い注意を向けないではいられなかったのであるが、その女にはそういう吉田の顔が非常に難解に映るのかさまざまに吉田の気を測ってはしかも非常に執拗にその話を続けるのであった。そして吉田はその話が次のように変って行ったとき成程これだなと思ったのであるが、その女は自分が天理教の教会を持っているということと、そこでいろんな話をしたり祈禱をしたりするから是非やって来てくれということを、帯の間から名刺とも云えない所在地をゴム版で刷ったみすぼらしい紙片を取出しながら、吉田にすすめはじめるのだった。丁度そのとき一台の自動車が来かかってブーブーと警笛を鳴らした。吉田は早くからそれに気がついていて、早くこの女もこの話を切り上げたらいいことにと思って道傍へ寄りかけたのであるが、女は自動車の警笛などは全然注意には入らぬらしく、却って自分に注意の薄らいで来た吉田の顔色に躍起になりながらその話を続けるので、自動車はとうとう往来で立往生をしなければならなくなってしまった。吉田はその話相手に捕まっているのが自分なので体裁の悪さに途方に暮れながら、その女を促して道の片脇へ寄せたのであったが、女はその間も他へ注意をそらさず、さっきの「教会へ是非来てくれ」という話を急にまた、「自分は今からそこへ帰るのだから是非一緒に来てくれ」という話に進めかかっていた。そして吉田が自分に用事のあることを云ってそれを断わると、では吉田の住んでいる町を何処だと訊いて来るのだった。吉田はそれに対して「大分南の方だ」と曖昧に云って、それを相手に教える意志のないことをその女にわからそうとしたのであるが、するとその女はすかさず「南の方の何処、××町の方かそれとも〇〇町の方か」という風に退引のならぬように聞いて来るので、吉田は自分のところの町名、それからその何丁目というようなことまで、だんだんに云って行かなければならなくなった。吉田はそんな女にちっとも嘘を云う気持はなかったので、そこまで自分の住所を打ち明かして来たのだったが、

「ほ、その二丁目の？　何番地？」

といよいよその最後まで同じ調子で追求して来たのを聞くと、吉田はにわかにぐっと癪にさわってしまった。それは吉田が「そこまで云ってしまってはまたどんな五月蠅いことになるかもしれない」ということを急に自覚したのにもよるが、それと同時

にそこまで退引のならぬように追求して来る執拗な女の態度が急に重苦しい圧迫を吉田に感じさせたからだった。そして吉田はうっかりムッとなってしまって、

「もうそれ以上は云わん」

ときっと相手を睨んだのだった。女は急にあっけにとられた顔をしていたが、吉田が慌ててまた色を収めるのを見ると、それでは是非近々教会へ来てくれと云って、さっき吉田がやってきた市場の方へ歩いて行った。吉田は、とにかく女の云うことはみな聞いたあとで温和しく断ってやろうと思っていた自分が、思わず知らず最後まで追いつめられて、急に慌ててカッとなったのに自分ながら半分は可笑しさを感じないではいられなかったが、まだ日の光の新らしい午前の往来で、自分がいかにも病人らしい悪い顔貌をして歩いているということを思い知らされた揚句、あんな重苦しい目をしたかと思うと半分は腹立たしくなりながら、病室へ帰ると匆々、

「そんなに悪い顔色かなあ」

と、いきなり鏡を取り出して顔を見ながら寝台の上の母にその顚末を訴えたのだった。すると吉田の母親は、

「なんのお前ばっかりかいな」

と云って自分も市営の公設市場へ行く道で何度もそんな目に会ったことを話したの

で、吉田はやっとその訳がわかって来はじめた。それはそんな教会が信者を作るのに躍起になっていて、毎朝そんな女が市場とか病院とか人のたくさん寄って行く場所の近くの道で網を張っていて、顔色の悪いような人物を物色しては吉田にやったのと同じような手段で何とかして教会へ引張って行こうとしているのだということだった。吉田はなあんだという気がしたと同時に自分等の思っているよりは遥かに現実的なそして一生懸命な世の中というものを感じたのだった。

吉田は平常よく思い出すある統計の数字があった。それは肺結核で死んだ人間の百分率で、その統計によると肺結核で死んだ人間百人についてそのうちの九十人以上は極貧者、上流階級の人間はそのうちの一人にはまだ足りないという統計であった。勿論これは単に「肺結核によって死んだ人間」の統計で肺結核に対する極貧者の死亡率や上流階級の者の死亡率というようなものを意味していないので、また極貧者と云ったり上流階級と云ったりしているのも、それがどの位の程度までを指しているのかはわからないのであるが、しかしそれは吉田に次のようなことを想像せしめるには充分であった。

つまりそれは、今非常に多くの肺結核患者が死に急ぎつつある。そしてそのなかで人間の望み得る最も行き届いた手当をうけている人間は百人に一人もない位で、そのうちの九十何人かは殆んど薬らしい薬ものまずに死に急いでいるということであった。

吉田はこれまでこの統計からは単にそういうようなことを抽象して、それを自分の経験したそういうことにあてはめて考えていたのであるが、荒物屋の娘の死んだことを考え、また自分のこの何週間かの間うけた苦しみを考えるとき、漠然とまたこういうことを考えないではいられなかった。それはその統計のなかの九十何人という人間を考えてみれば、そのなかには女もあれば男もあり子供もあれば年寄もいるにちがいない。そして自分の不如意や病気の苦しみに力強く堪えてゆくことの出来る人間もあれば、そのいずれにも堪えることの出来ない人間も随分多いにちがいない。しかし病気というものは決して学校の行軍のように弱いそれに堪えることの出来ない人間をその行軍から除外してくれるものではなく、最後の死のゴールへ行くまではどんな豪傑でも弱虫でもみんな同列にならばして嫌応なしに引摺ってゆく――ということであった。

（一九三一年十二月）

注　解

檸檬

（ページ）

九　＊中山寺の星下り　以下三つとも花火の市販名。火花の形で名づけたもので打上げ花火にも同名のものがあるが、これはむろん児童用の手花火である。

一〇　＊ロココ趣味　ロココ〔Rococo（英・仏）〕は、ほぼ一七一五―七、八十年にわたってのヨーロッパ芸術の様式。もともとは工芸品および装飾様式についていわれたが、やがて美術全般におよぶ様式概念となった。みやびやかな情調やほのぼのとした色調の女性的な性格が強く、工芸品などは複雑な曲線模様を多用した。

一一　＊快速調〔Allegro（伊）〕音楽用語。古典的なソナタや交響曲の第一楽章に多く見られる。

一二　＊ゴルゴンの鬼面　ゴルゴンはギリシャ神話に出てくる三人姉妹（ステイノ、エウリュアレー、メドゥーサ）で、醜怪な顔と蛇の頭髪をもち、その眼は人を石に化する力があった。のちメドゥーサはペルセウスに退治される。

一三　＊売柑者之言　明の劉基が作った諷刺文。杭州の柑を売る者の言に擬して、当時の文武大臣の無能を批判した。

一五 ＊アングル Jean Auguste Dominique Ingres (1780—1867) フランスの画家。ラファエロに私淑したフランス古典派の代表的作家で、典雅清麗な画風で知られる。

城のある町にて

一八 ＊I湾 伊勢湾か。作者がこの『城のある町にて』のスケッチをしたのは、大正十三年八月、三重県松阪町（今の松阪市）の義兄宮田汎方に遊んだときである。

一九 ＊五七日 人の死後三十五日目。この日に供養（くよう）の法事をいとなむ。

二四 ＊レムブラント Rembrandt Harmensz. van Rijn (1606—1669) オランダの画家。色調と明暗の配合にすぐれ、とくに光線の扱い方が独特の効果をあげた。肖像画家として知られている。

二五 ＊コンステイブル John Constable (1776—1837) イギリスの画家。近代風景画の開拓者で、イギリス、フランスの画壇に大きな影響を与えた。川や森を好んで描き、外光の処理、自然の色の描写にとくにすぐれていた。

二六 ＊ハリケンハッチ アメリカの映画俳優。無声映画時代に活劇専門で活躍し、わが国でも人気があった。

三七 ＊Flora フローラ。イタリアの花と豊穣（ほうじょう）をつかさどる春の女神。古くから尊崇され、紀元前一七三年以後、彼女のための陽気な祭が行われた。

三八 ＊オペレット Operetta 小オペラの意だが、内容が喜劇的なので、喜歌劇と訳される。

普通のオペラより自由で、軽く、娯楽本位である。わが国では大正中期、浅草各座でこの種のものが上演され、大正十二年の関東大震災で壊滅するまで、いわゆる浅草オペラ時代を招いた。

五一　＊何とか権所有　著作権所有。著作権は、著作者がその著作物を独占的に利用できる権利。無断で転載したり、上演したりすることはできない。

路上

八四　＊廓寥（かくりょう）　本来は広い大空の意。ここでは、ひろびろとしてもの寂しいさまに用いている。

橡の花

八九　＊オークワード〔awkward（英）〕　ぶさいくな、厄介な、手に負えないなどの意。

九三　＊Waste　不毛の、むだな、浪費（する）などの意。

九八　＊五月雨（さみだれ）の降り残してや光堂（ひかりどう）　松尾芭蕉（ばしょう）の俳句。『奥の細道』にある。光堂は平泉中尊寺の金色堂のことで、この句につながる一連の文章は『奥の細道』中の白眉（はくび）として有名。

Kの昇天

一五二　＊ドッペルゲンゲル　“Der Doppelgänger”「海辺にて」とおなじく『白鳥の歌』の第十三曲。普通は「影法師」と訳される。月の夜、恋に悩む自己の分身を幻に見た激しい心の動きを、重々しく叙唱風にうたう。

一五二　＊二重人格　ドッペルゲンゲル（Doppelgänger）は、（同一人でしかも）同時にちがった場所に現われる（と信ぜられる）人の意で、普通の二重人格とは少しちがう。第二の自我、生霊（いきりょう）のたぐい。

一五六　＊シラノ　Cyrano de Bergerac（1619—1655）フランスの詩人、劇作家で、剣士としても知られたが、エドモン・ロスタン（1868—1918）によって、同名の戯曲に脚色され（1897）、有名になった。その第三幕第十三場で、シラノが即興の詩を作って、月に行く方法を六つまで披露する場面がある。

一五六　＊ジュール・ラフォルグ　Jules Laforgue（1860—1887）フランスの詩人。厭世（えんせい）的な素顔をピエロの仮面で隠したと評され、詩集『嘆きうた』（1885）などがある。

一五六　＊イカルス　Ikaros　ギリシャ神話の人物。鳥の羽を蠟（ろう）で固めた翼をつけ、クレタ島から飛び立つが、太陽に接近しすぎたため、蠟が溶けてエーゲ海に墜落した。

冬の日

一六七　＊笹鳴（ささなき）　冬、とくに初冬のころ鶯（うぐいす）が舌打ちするように鳴くこと。

一七二　＊エーテル〔ether（蘭）〕以前、光の波動説で、光の伝播（でんぱ）を媒介する物質として仮定されていたもの。相対性理論の出現以後はこの仮定は無意味になった。

桜の樹の下には

一九〇　＊アフロディット　Aphrodite　ギリシャの美と恋愛と豊穣の女神。ゼウスとディオーネの娘ともされ、また、海の泡から生れたともされる。ビーナスと同一視されている。

器楽的幻覚

一九四　＊アーベント〔Abend（独）〕夕方。ここでは〈音楽の夕〉、あるいは〈ソナタの夕〉の意。

蒼穹

二〇〇　＊Lotus-eater『オデュッセイア』に出てくる伝奇的民族で、彼らはロータス（lotus）という果物を好み、そのため、時間や家などすべてを忘れて日を過す。オデュッセウスは漂流の途中、彼らの土地に立ち寄り、あやうく部下を失いそうになる。

筧の話

二〇六　＊ゴチック建築　ゴチック（Gothic）は十二世紀ごろの中世美術の様式だが、もともとは建築様式の名称である。建物を形成する線が垂直で、彫刻などの豊富な装飾をつける。とくに窓や入口の尖頭（せんとう）のアーチに特色がある。

冬の蠅

二一八　＊外光派　画室の光によらず、戸外の光によって照らされた色彩を再現するため、戸外で写生する画派。マネ、モネらの一部印象派が外光派の始まりである。

ある崖上の感情

二三二　＊ソロモンの十字架　西洋の手相術でいう掌紋のひとつ。小さな線が交叉するのを特徴とする。

二三五　＊キャラバン　Caravan　アメリカのデューク・エリントンが、エリントン楽団のトロンボーン奏者ファン・ティゾールと共同で作曲した曲。

二三八　＊プロジット　〔prosit（羅）〕乾杯。

二四六　＊ヴィラ　〔villa（英）〕別荘。

二五三　＊牧羊神　〔Pan（希）〕アルカディアの牧人と家畜の神。上半身は毛深い人間で、額に二本の角があり、下半身は山羊で、足には蹄がある。

愛撫

二五七　＊Crescendo　（伊）音楽用語。だんだん強くの意。

闇の絵巻

二六五　＊ある山間の療養地　梶井基次郎は昭和元年の末から三年にかけて、結核の転地療養のため、伊豆の湯ヶ島温泉に滞在した。

交尾

二七四　＊ペッヒシュタイン　Max Pechstein（1881—1955）ドイツ表現派の画家。あらゆる主題を強烈な色彩で表現し、対象の単純化と強調をおこなった。

二七四　＊ゲッセマネ　Gethsemane　キリストが十字架にかかる前日、最後の祈りをした所。エルサレムの東一キロほどで、オリーブ園がある。

二七六　＊ブールヴァール　〔boulevard（仏）〕並木路（なみきみち）。大通り。

二八〇　＊encore（仏）アンコール。もっと、もう一度の意。

二八〇　＊人間が河童（かっぱ）の世界へ行く小説　昭和二年に書いた『河童』のこと。たまたま迷いこんだ河童の国の見聞記が、ある精神病者の口から語られるという構想で、痛烈な諷刺（ふうし）小説。

三好行雄

解説

淀野隆三

梶井基次郎は、一九〇一年（明治三十四年）二月大阪市に生れた。父宗太郎は安田合名会社社員で勤勉な人であったが、酒好きで酒の上での不始末は度々あったようである。母久子は教養ある賢夫人であった。基次郎の死後私は刀自と親しく往来したが、婦人らしさの中に一種厳としたものを持っていられた。非常に落ちついた相手を飽かさぬ話手で、基次郎の語り振りは総て母より来ているかと思われた。若い頃から明治、大正の作家を読み、特に漱石・藤村を愛読した。また新しい作家をもよく読み、康成・利一・国士らより久野豊彦にまで及んだ。豊彦の『ナターシャ夫人の銀煙管』を母親に勧められたと言って基次郎の苦笑していたのを私は覚えている。母は基次郎を愛していた。静かな大きい愛情をもって。しかるに梶井はこの母に不孝ばかりを見せることになったので、彼は母を自己反省の契機としてしばしば作中に描き、自らの罪を贖っている。彼のいわゆる「生活に立ち向う」傾向は母より、頽廃に向う傾向は父よりうけついだのでもあろうか。

〇七年（明治四十年）大阪の小学校に入ったが、翌年父の転任に従って東京に移り、一一年五月また三重県鳥羽町に移った。東京よりの移転は『過古』及び遺稿『家』に描かれ、鳥羽町での見聞は同じく遺稿『海』に語られている。一三年県立第四中学校に入学したが、翌年四月父の大阪転任のため府立北野中学校に転入、一九年三月府立高等工業学校電気科に受験して失敗、七月第三高等学校の試験に合格、九月理科甲類に入り、十月寄宿舎第五室に入った。同室には中谷孝雄、飯島正がいた。

梶井は初めエンジニアになるつもりであったが、徐々に文学を志すようになった。長兄は電気の専門家であり、弟二人もそれぞれ機械技師、電気技師であるところから見て、彼にも理工科技師たるの素質は十分あったと考えられる。三高時代の友人の語るところでは、その気にさえなれば、彼は数学・物理・化学などの学科で優秀な成績をとりえたということである。ところが彼は中学時代から文学書に親しみ、特に漱石の愛読家であった。この点母久子の影響が考えられるのであって、梶井が文学に向ったことを母は一面当然ともし、運命とも諦めていたことであろう。

梶井は三高入学の翌年漱石全集を購いいよいよ耽読、およそ各巻のどの辺りには何が書いてあるかまで諳じていたとは、中谷孝雄の語るところである。（なお三高時代の梶井については中谷の『梶井基次郎』によるところ多いことをここに付記しておく。文は河出書房刊行の『死とその周囲』中に収められている）

漱石についで、特に潤一郎を愛読した。梶井漱石、梶井潤二郎と記した書簡が残っているほどである。

二〇年（大正九年）春肋膜炎に罹って休学、七月落第、原級に止まった（当時の学制では第一学期は九月に始まり、七月に第三学期が終った）。夏休みを三重県北牟婁に送り、九月熊野に転地、病を養う旁ら文学書に親しんだ。中旬帰阪、受診の結果、軽い肺尖カタルであることが分ったのだが、この時の罹病がやがて梶井の宿痾となる。

二一年四月、二年級に進んだ（この年学制の改革あり、今日の如き学期制になった。入学以来三年目である）。夏休みに伊豆大島に遊び、春休みには紀州湯崎温泉に予後を養っている。この頃白樺派の作家達、特に実篤・直哉・武郎に親しんだ。またこの頃の風潮であった賀川豊彦や倉田百三に心惹かれ、キリスト教的社会主義や他力仏教の洗礼を受けた。そうして文学と社会運動の二つの間に迷うことになった。いかにもこれは当時の青年らしい迷いで、この私もその頃同じ迷いに陥っていたことを思い出す。しかし梶井にはやがて外道になる徴候が現われ、社会運動の方は精神の奥底にひそんでしまう。しかしこれは死んでしまったことを意味するのでは決してない。

上記中谷の思い出によると、この年の十月中旬、疏水にボートを泛べた月見の夜から、梶井の頽廃は始まっている。その夜、つなぎ忘れたボートの流されて行くのを拾うため、梶井は水中に飛びこむのである。危く拾いとめてから競泳。水から上がった河童共は寒さに震え、ついで酒となり、この時梶井は初めて青楼に一夜を明かす。この日から梶井は、「純粋なものが分らなくなった」とか「堕落」とかいう言葉をよく口にしたという。なおこの年、梶井が楽譜によって音楽の勉強を始めたことも記しておこう（音楽は彼の作家的資質を豊饒にする一要素であったから）。これは伊太利歌劇団や、それに続いて来朝したエルマン、ハイフェッツ、セロのホルマン、ピアノのゴドウスキーらによって刺激されたものである。

二二年三月梶井は三年級に進んだ。いよいよ文学に生きる志は固く、この頃トルストイを耽読、また藤村の『新生』を知った。この時分より「彼の骨骼は精神的にも肉体的にも一回り大きくなった」とは中谷の語るところである。

梶井はいよいよ精神的になると共にいよいよ頽廃的になるのである。女色はもちろんのこと泥酔のあと、甘栗屋の鍋に牛肉を投げ込んだり、中華蕎麦の屋台をひっくりかえしたり、借金の重なった下宿から逃亡したり、自殺を企てたり……乱暴の限りをつくす。思うに鋭敏にすぐる感受性を賦与された梶井にあってはこれら無頼の生活は、真実を探究する心の逆説的表現であったのであろう。愚かしい、しかしそれ故に真剣な青春である。

この年の試作に、恐らく七月頃からであろうが、『彷徨』『帰宅前後』『小さき良心』『裸像を盗む男』などがある。いずれも頽廃の生活に対する反省であり、批判であることは如何に彼の青春が真剣に、厳しく生きられたかを語るものである。

一九二三年三月、かく学業を怠ったがために梶井は、卒業試験に見事落第した。この年は入学後五年目である。習作『母親』はこの頃、母への贖罪のために書かれたのであろうが、彼の外面生活には何ら改正の様子はなく、酒色はむろんのこと、祇園石段下にあったカフェ・レェヴンで狼藉をはたらいたり、円山公園で巡査に摑まって四つん這いになったあげくのはて犬の鳴き真似をさせられたり、その頃京都で少しは顔の売れていた「兵隊竹」という無頼漢に左の頰をビール瓶でなぐられたりした。この傷痕は生涯彼の顔に残り、彼の苦々しい思い出となった。ところで、こういう乱暴を促す原因は確かに一つあった。それは梶井や中谷が組織していた三高劇研究会の企てた公演が、それを援けた同志社女専のフロインディンに対する三高生の下等な臆測のために、学校当局により突如禁止されたことである。秋のことであった。当時を回想して梶井は、「恥あれ！　恥あれ！　かかる下等な奴等に！　そこにはあらゆるものに賭けて汚すことを恐れた私達の魂があったのだ」と、五年後にもなお、激しい憤りをこめて書いている。私はあとにも先にも梶井のこんなに激越な文章は見たためしがない。――梶井はデモンとなって後進のために、彼の聖なるものへの愛情を訴えたのでもあろう。中谷の以下の文章はこの間の消息を伝えている。

「三学期（二四年一月）になって梶井は岡崎の方へ転居した。そろそろ卒業試験が気になって、学校へも出るつもりで近くへ移ったのであろうが、生活は少しも改まらなかった。陽当りの悪い部屋で、この頃の梶井の姿が彼の一生のうちで一等陰気ではなかったかと思う。隣室の男のところへは、時々若い女が訪ねてくるようであったが、そういう話をする梶井の態度は、半ばやけくそなもので、如何わしいことを形容するのに、日頃彼が最も大切にしている種類の言葉を使った。神とかキリストとかいう名が最も猥褻な物の形容になるのであった。日頃は人一倍権威に対して敬虔だった梶井が、こんなときにはがらりと一変してあらゆる権威を冒瀆しだすのだった」

この年には習作『奎吉』がある。これは「瀬山極（ポール・セザンヌをもじったもの）」の筆名で、劇研究会の回覧雑誌『真素木』に（五月）、『矛盾のような真実』を『嶽水会雑誌』に発表（七月）、また『檸檬』の第一稿「『檸檬』を挿話とする断片」を書き、卒業試験を忘れるために戯曲『攀じのぼる男』『浦島太郎』などを書いた（これらの戯曲は残っていない)。

梶井は一年と二年を裏表やり、在学五年の後三高を卒業、一四年東大英吉利文学科に入学、東上する。そうしてここで乱雑な生活には一応終止符がうたれるのである(一応と言ったのは東京でも時々羽目をはずす程度のことがあったからである)。

京都に於ける梶井の生活は胸苦しいものであったことは否定できない。しかしそれは感受に忙しい苦しさであった。実際梶井は何ものをも感受したのだ。世界大戦の将来した善いところも悪いところも彼は、たとえ無意識にもせよ、自己の滋養分として消化した。無頼の生活も反省の生活も、これは感受に食傷した結果であり、その予後であった。とにかく梶井は京都という自由の天地で、思うがままに近代の西欧を身につけたのである。生活は充ち溢れていた。もはや生活それ自体では生活そのものが表現できないほど充溢していたのである。

梶井にはもはやより以上の生活の充溢は沢山であった。ただそれに続くべき文学的表現が焦眉の問題だったのだ。だから彼の京都への訣別は何らの悲哀をも伴わなかった。彼は勇躍して東上する。そして東京では二度と再び迷いはしなかった。文学的精進があるばかりである。そうしてさしずめ梶井には一九二二年の日記に書きつけた『檸檬の歌』の完成が唯一の問題となるのである。このために彼は『貧しい生活より』

を書き、『瀬山の話』を書いた。しかしこれではまだ足りなかった。『犬を売る露店』が必要であり、『雪の日』が必要であった。一顆の『檸檬』を得るためにはこれだけの生活の整理が必要だった。無意識裡に満喫した生活の中なる不協和音を放棄しなければならなかった。これらの作品が惜気もなく棄てられたところに読者は梶井の生活の充溢を見るべきであろう。

　上京（本郷三ノ一八、蓋平館支店に下宿）後間もない六月には嘗て同期生であった浅野晃、飯島正、大宅壮一らに手塚富雄、湯地孝を加えた第七次『新思潮』が刊行された。これにも刺激されたことであろう、京都時代からの懸案であった同人雑誌は十月、誌名を『青空』とし、二五年一月創刊と決る。当初の同人は梶井、中谷孝雄、外村繁（当時は茂）、忽那吉之助、小林馨、稲森宗太郎の六人。稲森が早大学生で歌人だったほかみな三高劇研究会のメンバーで東大在学中の作家志望者であった。創刊号は二四年の十二月下旬に発行され、梶井らはそれを携えて京都に来た。

（私が梶井に会ったのはこの時であって、その夜は外村と一緒に私の家に泊った。重厚な風格、信頼するに足る人物と思われた。私の彼に対する尊敬と傾倒はこの時からである。なお『青空』へは二五年三月に浅沼喜実と私が、十一月に北神正と画家の清水蓼作が、二六年一月には飯島正、五月に三好達治、十一月に浅見篤（淵の弟）、北川冬彦、阿部知二、古沢安二郎、竜村謙ら、二七年二月に松村一雄が加わった。通巻二十八号を出して、この年六月に休刊した）。

二八年（昭和三年）三月梶井は『青空』について書いている。

「『青空』は遊戯気分のない、融通の利かないほど生真面目なものを持った人達の集まりであった。広く世の中へ出て見るに随って、私達は私達の持っていた素朴な熱意に振り返り敬礼せずにはいられない」と。実際同人間の相互批判の激しかったこと、生活と文学に対する熱意の熾烈だったこと。そして『青空』は「なによりも私達の腹を作った」のである。

『檸檬』は『青空』一月創刊号に発表された。「創作といっても短いのを一つ、――あまり魂の入っていないもの」を発表したと友人宛にいささか逆説めいて書いたが、梶井は自信を持って発表したのである。習作とか試作という気持は毛頭なかった。しかしそれは全然注意されなかった。もっとも岐阜刑務所の作業部で印刷されたもっさりした薄っぺらな同人雑誌に注意するほど当時の文壇は酔興ではなかった。文壇は定員一杯で現状に満足していた。文学青年にとって当時ほど出にくい文壇はなかったと言ってよかろう。読者のためにここで当時の文学界の様子を少し記してみよう。

自然主義は十数年前すでに衰退期に入り、この頃花袋は沈黙し、その異分子たる藤村、秋声、白鳥らが活動していた。自然主義の反動として起った官能肉感主義の耽美頽唐派では荷風、潤一郎、勇、薫らが活躍した。そうして最も活潑だったのは個人主義的理想主義に立つ実篤、武郎、直哉、弴、善郎らの白樺派と、第二次第三次『新思潮』によってデビューした与志雄、有三、龍之介、正雄、寛らの新現実派と、早大系の浩二、和郎、善蔵らのやや自然主義的色調ある現実派であり、また独立的な浪曼的作家としては鏡花、春夫らも潑剌たるものであった。最も新しい世代は『文芸時代』による「新感覚派」であって、利一、康成、鉄兵、与一、茂索、国士、義三郎、東光らが、自然主義の系統をひく心境的、常識的人情に反撥し、感覚的表現を重視する芸術至上主義を標榜して、やっと文壇の一角に橋頭堡を築いたばかりであった。そしてこれらの外にマルクス主義世界観に立つプロレタリア文学が存在を主張し始めていたことも記しておかねばならぬ。

ざっと以上が文壇の潮流であった。ところでこの最も若い世代たる「新感覚派」に続いていたのが同人雑誌作家群であって、この世代との近接からみても、彼ら「文学青年」に文壇の鎖されていたことは別に不思議ではなかった。文壇は多士済々、しかも多彩、さして新しい作家を要求してはいなかった。

こんなわけで『檸檬』は認められなかったが、それは認めらるべき新しい価値は十分持っていたのだ。発表より七年後に、小林秀雄の書いた『梶井基次郎と嘉村礒多』という批評を参考のために引用してみよう。

「これは言うまでもなく近代知識人の頽廃、或いは衰弱の表現であるが（尤も今日頽廃或いは衰弱の苦い味をなめた事のない似而非知的作家の充満を、私は一層頽廃或いは衰弱的現象であると考えている）、この小説の味わいには何等頽廃衰弱を思わせるものがない。切迫した心情が童話の様な生々とした風味をたたえている。頽廃に通有する誇示もない。衰弱の陥り易い虚飾もない。飽くまでも自然であり平常である。読者はこの小話で『檸檬』の発見を語られ、作者がいつまでも失うまいと思われる古くならない『檸檬』を感ずる、或いは作者が古くからもっていた『檸檬』を感ずる。『檸檬』は氏の観念的焦燥の追求する単純性或いは自然性の象徴ではない、寧ろ氏自身の資質である。……氏は観念上空疎な過剰や、苛立たしい飛躍を全く知らぬ。或いは必要とせぬ作家であり、氏の焦燥は知的というよりも鋭敏な感受性が強いられた一種の胸苦しさである」

立派な批評である。梶井の本質を言い当てている。実際梶井は頽廃を描いて清澄、衰弱を描いて健康、焦燥を描いて自若、まことに濶達にして重厚な作風である。そうして特に私はこの一編に現われた西欧的な風格を指摘したい。そこには批判も、それより生れるところの諧謔さえもがある。日本的自然主義とも耽美頽唐派とも、また心境小説、私小説とも異なる独自の小説である。

『青空』二月号には『城のある町にて』が掲載された。ここには胸に迫る抒情があり、玲瓏たる童話がある。この一編に於いて梶井の実現した「単純で、平明で、健康な世界」は、近代的頽廃の苦渋を嘗めた人間にして初めて創造しうる心のオアシスである。

この二作の後梶井は暫く作品を発表しなかった。前年七月血痰を見たが、その頃にも病気はひき続いて潜行的に徐々に進行していたのであろうか。それよりも私たちには神経衰弱的症状が眼立って見えた。よく疲労していたようだったし、ぼんやりもしていた。そんな中にあって『青空』七月号に『泥濘』を書いた。ここには気力を失い、生活の平衡を失した人間の一日の行動が克明に描かれている。主人公の無気力を叱責して「奎吉！」と呼ぶ「母の声」さえも「不吉を司る者」の呼びかけとしか感じられないほどの自己喪失が描かれている。一見私小説と見すごされそうな作品だが、そうではない。なおこの作品に現われる「月の影」は『Kの昇天』に結びつく。

続いて十月号に『路上』を載せた。梶井は手紙で書いている。――「私の書きたかったのはあの滑ったあとの変な気持（空漠の感、及びそれに対する本能的な抵抗）です、これが主題です」と。人を破滅に導く情熱と意識の分離、自己と世界の関係が、小さい事件を中心に描かれている。いかにも梶井らしい主題である。

『橡の花』は十一月号に載った。友人近藤直人に「あなた宛の手紙体の小説を思いつき、未完成のまま印刷屋に送りました」と十一月二十五日の手紙に書いているが、梅雨期前後の東京生活の眼に映り心に触れた事柄を通信する体裁の小説である。創作集『檸檬』上梓の際、梶井は私の度々の勧めにも拘らず、この作品を「レベル以下」とし、頑として収載を肯じなかった。ところが最近三好達治はその『梶井基次郎』(『文芸』二月号)で、「そのそつのない行きとどいた老成——というのとも少し違うが、とにかく腰の落ちついた揺ぎのない態度にはまず驚く」と書いている。なるほど文章の上ではそうも言えるが、私にはどうもこの小説は焦点がぼやけているように思える。そのうえ文学以外の底意といったものが私には気になる。この頃梶井は非常に書き悩んでいたことと、一体に書簡体の小説をイージー・ゴーイングだとしていたこととを記して、あとは読者の判断に委せよう。

『過古』は『青空』第二年一月号に載った。これは美しい詩的短編である。前年の十月末梶井は私宛の葉書で「橡の花以後面白い状態に入った」と言って来たが、『過古』から次の『雪後』までの約半年間何も発表しなかった。苦吟の時代だったのである。

『雪後』は六月号に載った。結婚早々の友人をモデルにした梶井としては珍しい客観小説である。美しい家庭生活と苦しい研究生活を織り交ぜ、そこへ社会主義運動に携わっている友人を点綴して当時の社会的潮流を加味している。ロシアの少年と少女の橇の挿話（チェーホフの短編）、女の太腿が赤土の中からニョキニョキ生えていると いう夢の話、街上でお産をする牛の話など巧みに取入れられて、この小説を引立てている。二十数枚の短編ではあるが、私小説ではない。

この前後に肋膜炎が再発する。無理をして書いた『ある心の風景』は八月号に発表されたが、これは傑作である。後の作品『冬の日』に呼応するものである。場所は京都、博多から流れて来たという娼妓、「新らしいところへ触れて行くたびに『これは熱い』と思わ」せる肌をした女、その女から悪い病気を貰った主人公。「時どき彼は、病める部分を取出して眺めた。それはなにか一匹の悲しんでいる生き物の表情で、彼に訴えるのだった」――梶井は頽廃の現実へ鋭くメスを入れる。そしてその醜い切開面を不思議に浄化している。恐ろしいレアリスムである。そしてこのレアリスム――対象に対して心の憑依するレアリスムは『冬の日』に於いて完成する。

八月に入って梶井の病状はやや進み、「右肺尖に水泡音、左右肺尖に病竈あり」という診断となったが、『新潮』十月新人号の原稿のため郷里大阪で努力する。しかし小説は完成しなかった。この時努力した小説というのは後『ある崖上の感情』に変形したもので、大阪の城東線沿線の家の内部に興味を抱く青年の話ではなかったかと思う。

十月号には『Kの昇天』を載せた。影を自己よりも真実なものとして自分の影を追って昇天する青年の話、自我分裂の話である。宇野浩二はこの小説を評して「象徴の世界に入っている」と書いた。

秋より冬にかけてしばしば血痰を見るようになり、友人の勧告に従って東大を中途退学、伊豆湯ヶ島温泉世古ノ滝に転地する。同地の湯本館に川端康成のいたことが、転地の決心を促すのに与って力あった。川端康成は梶井の尊敬していた唯一の新進作家であったから。一九二六年の十二月三十一日落合楼に一泊、二七年の正月元旦彼は川端康成に会い、世古ノ滝湯川屋を紹介され、これからの満一年半を、この山峡の宿で孤独のうちに送ることになる。(因みに川端康成は四月東京に去っている)。

『冬の日』は東京で草稿が書かれていたのを、湯ヶ島の第一作として推敲完成したものである。前半は『青空』二月号に、後半は四月号に発表された。これは正に梶井文学の一頂点を示す作品である。

冒頭の数行を読むと、もう私の胸は痛んでくる。先を続けることが苦痛になる。しかも作品は続けて読むことを要求する。作品が身を切るような相貌をもって迫ってくるとはこの『冬の日』のことであろう。読者は自然科学者の如き冷やかさをもって主人公の破滅を見つめる作者の眼、そうしてその眼底に凍結している作者の心情の熱烈さを読みとってほしい。

しかしこの頃から、インテリゲンチャの左翼転換が頻りとなり、プロレタリア文学の潑剌たる擡頭に、梶井はひそかではあるが、激しい関心を抱いた。『青空』は、六月をもって休刊。七、八月は、湯ヶ島で過し、たまたま来遊した広津和郎、尾崎士郎、宇野千代、新居格らを識った。梶井の知った文壇人は、先の康成を含めて、大体以上に尽きている。この時期、ボードレールに親しみ、十月帰阪、京都帝大病院で診察を受け、病勢に軽視できぬものがあることを知った。中旬には再び湯ヶ島に戻り、短編『桜の樹の下には』『器楽的幻覚』に着手している。これはいずれも「意力ある絶望」を歌った作品で、一年間の推敲を経、両作とも翌一九二八年（昭和三年）十二月に刊行された季刊誌『詩と詩論』第二冊に同時に発表されることになる。因みに、この雑誌は春山行夫、北川冬彦、三好達治、飯島正、安西冬衛、竹中郁ら十一名を同人とし、多くの若い寄稿家を擁した純文芸誌であった。しかし、十一月に至って、貧血と多量の喀痰に悩まされている。

翌二八年一月、浅見淵の慫慂に従い、舟橋聖一、阿部知二、尾崎一雄、浅見、北川

冬彦、今日出海、蔵原伸二郎、古沢安二郎ら、当時の同人雑誌の重立った人々を同人として、紀伊国屋から出た『文芸都市』に加わった。同誌三月号に発表されたのが、白日に闇を見るという絶望の作品、『蒼穹』である。ついで『近代風景』（編者の記憶では、これは確か北原白秋が主宰し、萩原朔太郎、室生犀星らが同人だったと思う）の四月号に、『筧の話』を載せた。この作品は、視覚と聴覚の統一の破壊によって魅惑が絶望へと置き換えられている。

『創作月刊』五月号には、『冬の蠅』を発表した。これを梶井の最高傑作に推す評家は多い。酷烈を極める自己虐殺、運命の冷酷な手を感じさせる、一種凄絶な小説である。なお『創作月刊』は、文芸春秋社が新人発掘のために出していた雑誌で、この作品が載るのには、川端、広津らの推輓があったと覚えている。この年五月には、精神的転換を計るために上京し、本所深川辺で労働者の間にまじって暮す気持でいたが果さず、麻布飯倉の堀口方に再び仮寓する。

『ある崖上の感情』は上京後第一作として、『文芸都市』七月号に載った。舟橋聖一は、この作品を読み、「空の空なる恍惚万歳」を引用して激賞した。抑制された瑞々しいエロティシズムを感じさせる作品である。七月には、市外和田堀の中谷孝雄方に寄寓したが、病勢が時には昂進し、憂慮すべきものがあったので、在京の友人挙っての勧告をいれ、九月に帰阪している。

二九年（昭和四年）一月四日、梶井は父を失った。この春、マルクスの『資本論』に傾倒し、十二月には、福知山歩兵第二十連隊に志願兵として入隊していた中谷を訪れ、また京都伏見の私を訪問して、病勢進み、呼吸困難に襲われたりした。従って、この年梶井は、殆ど筆をとらず、僅かに『猫』の断片のみであったが、読書の量は夥しく、左翼系のもの、新潮社版世界文学全集などを耽読した。『ドン・キホーテ』などは、三、四回も読みかえしている。

この傾向は、翌三〇年（昭和五年）にも続き、プロレタリア文学、ひいては社会科学にも及び、文学書のみならず経済書も読んでいる。二月から四月にかけて、母久子が腎臓を患い、三月看病中梶井自身も病に倒れ、五月には痔疾に悩んだ。同四月、弟勇が結婚（五月三十一日の手紙に、「弟の結婚も来年だったのだが母がその後もすっかり身体を悪くしてしまったので来て貰うことにした　いい娘さんで簞笥や布団を運んで来たときは僕も涙が出そうになった　婚礼は今月なんだ」と感慨をもらしている）し、六月に梶井は、兵庫県川辺郡伊丹町字堀越二十六番地の長兄謙一宅に移っている。

この六月、『詩・現実』第一冊（この雑誌は北川冬彦、飯島正、榊原泰、それに淀野が編集同人となり、『詩と詩論』と対立的に出した年五回刊のやや左翼系の文芸誌であった。多くの詩人、作家、外国文学研究家などの寄稿家を持ったが、その全部が左翼的だったわけではない）に、『愛撫』を発表した。梶井には珍しく実になまめかしい。七月、腎臓炎に罹り、九月には、兵庫県川辺郡稲野村字千僧に長兄一家と移ったが、十月『詩・現実』第二冊に、『闇の絵巻』が発表された。これは感覚と感情を総動員して闇——暗黒を描いた一傑作である。闇の中の一点の燈火が醸す恐怖について、「バアーンとシンバルを叩いたような感じ」というような大胆な表現がある。

秋より冬にかけては、遺稿となった二、三の断片と『交尾』の作がある。『交尾』は小野松二の出していた文芸誌『作品』一九三一年一月号に載った。井伏鱒二はこれについて「梶井君の『交尾』が発表されたときには、これこそ真に神わざの小説だと私は驚嘆し、作中において河鹿の鳴く声や谷川の水音は私の骨髄に徹してまことに恍惚たる限りであった。言葉では捕捉できない絶対の無限。こういう快楽は煩悩具足のわれらの一生のうちに、そうたびたび感得できるものではない」と書いた。なお、遺稿の断片は『琴を持った乞食と舞踏人形』『海』『交尾その三』などで、いずれも堂々たる風格を具えている。

翌三一年（昭和六年）、梶井は一月から五月まで病床にあったが、五月、第一創作集

『檸檬』が東京市小石川区目白台武蔵野書院から刊行され、文芸雑誌『作品』は誌上出版記念会でこれを祝った。この創作集で梶井の才能は文壇の一部から認められるようになり、五月末『中央公論』記者田中西二郎より執筆依頼の手紙が寄せられた。だが六―七月、再び腎臓を患い、九月には再度痔疾に悩んだ。この十月、大阪市住吉区王子町二丁目十三番地にはじめて一家を構えた。

翌三二年（昭和七年）一月、『中央公論』新年号に『のんきな患者』を発表したが、二月に入って病勢革り、三月二十四日午前二時、梶井は惜しまれつつ世を去った。三十一歳であった。

この『のんきな患者』一編を除いて、梶井の作品は総て同人雑誌に発表された。彼は名を得ようとはしなかったが、自ずと文壇は彼を容れるようになった。梶井は実際自らの周囲に一個の文学界を造ったと言い得る。これは固より彼の文質の致すところであるが、まことに異数のことである。梶井は死の二月前、

「のんきな患者がのんきな患者でいられなくなるところまで書いてあの題材を大きく完成したいのですがそれが出来たら僕の一つの仕事とはいえましょう」と飯島正宛の手紙に書いた。この頃彼は今まで排斥し続けた鷗外を愛読し出した。それも病中の一少時に。本格的な小説へ、鷗外へ、私は鷗外と梶井の系列といったものを考える。こ

の線上に私小説ではない、本格的な、西欧小説の流れが続いて行くのではないだろうか。ここで私は萩原朔太郎が梶井を『本質的な文学者』と言い、横光利一が「梶井氏の文学は、日本文学から世界文学にかかっている僅かの橋のうちのその一つで、それも腐り落ちる憂いのない勁力のものだと思う。真に逞しい文学だと思う」と言ったことを意味深く考える。しかしこの問題は他日別のところで究明さるべきものであろう。とにかく梶井に今少し年をかしたかったと思うのは決して私一人ではあるまい。

一九三二年　五月、『作品』誌「梶井基次郎追悼号」を刊行す。

一九三三年　一二月、『文芸』誌上に遺稿『瀬山の話』発表さる。

一九三四年　三月—六月、東京市日本橋区兜町二丁目五十四番地六蜂書房より、宇野浩二、広津和郎、川端康成、横光利一、小林秀雄、萩原朔太郎、北川冬彦、三好達治、武田麟太郎らを刊行委員とし、淀野隆三、中谷孝雄の編纂にて『梶井基次郎全集』上下二巻刊行さる。

一九三五年　九月、明治文学会機関誌『評論』はその九月号を以て「梶井基次郎特輯」とす。これより先、Dr. A. F. Wolff ほか数人によりてドイツ語訳企てられ、その一部『勝子』（『城のある町にて』の一節）同誌上に発表さる。なお同誌に『高等学校時代の未発表書簡集』掲載さる。

一九三六年　一月—三月、東京市渋谷区金王町七番地作品社より淀野隆三の編纂にて『梶井基次郎小説全集』上下二巻刊行。下巻には付録として『未発表書簡集』収録さる。

一九三七年　三月、東京市本郷区元町一丁目十五番地作品社より前記全集の普及版上下二巻刊行さる。

一九三九年　十一月、東京市日本橋区小舟町二丁目四番地創元社より三好達治編作品集『城のある町にて』刊行。

一九四二年　五月、東京市芝区新橋七丁目十二番地改造社発行の『新日本文学全集』の第四巻に梶井基次郎集収録さる。淀野隆三編輯、『檸檬』以下九編を収む。

一九四六年　十一月、東京都芝区田村町一ノ三鳳文(ほうぶん)書林刊行の『現代珠玉集』第一輯に『雪後』収めらる。

一九四七年　十二月、京都市中京区三条通堺町高桐書院より、志賀直哉、宇野浩二、広津和郎、横光利一、川端康成、小林秀雄、三好達治、浅見淵、北川冬彦、中谷孝雄、外村繁、清水蓼作、らを刊行委員とし、淀野隆三の編纂にて『決定版梶井基次郎全集』第二巻刊行。

一九四八年　二月、前記第一巻刊行。（なお第三巻、第四巻は書簡集として、未発表書簡を含む総計四百十三通を収録しているが、刊行しがたい状態に置かれていることは遺憾である。「遺稿書簡その他未発表の氏の表現から、『瀬山の話』を読んだ時の感じを存分に味(あじわ)いたいと希(ねが)っている」のは小林秀雄一人ではあるまい）。

六月、奈良県丹波市町川原城養徳社より『愛撫』刊行さる。『檸檬』ほか九編を収む。七月、東京都港区芝田村町一ノ三万里閣刊行の『現代文学代表作全集』第一巻に『冬の蠅』収録さる。解説平田次三郎。

一九五九年　二月、東京都千代田区神田小川町二丁目八番地筑摩書房より、中谷孝雄、淀野隆三の編纂にて『梶井基次郎全集』全三巻刊行。

一九六六年　四月、同書房より同編者により『梶井基次郎全集』全三巻刊行。

以上甚(はなは)だ意にみたぬ匆卒(そうそつ)の覚え書になってしまったが、私は実は何も語りたくなかったのである。何故(なぜ)なら私は読者が幾度となく繰返し読むことを願っているからである。しかしここまでかく語ってきた私は、左に平田次三郎の上記「解説」中の文章を借用して、私の結びにかえたい。

「既にその処女作の昔から、彼の精神は病んでいたのであり、しかもその病める精神が、その病めるが故の武器をもって、現実と格闘したところに梶井文学の特異性が生れてきたのである。勿論、梶井文学の基調たる、疲労、倦怠、絶望という精神の色調が、彼の病弱な肉体と不可分に結び合っていることは見逃しがたいところであるにしても、彼の病身を以て、直ちに彼の作品の頽廃的色彩の原因とみる説は甚だしく誤っている。彼の作品は前述の如く甚だしく病める生の表現ではあるが、その結果として現われているものは、寧ろ清澄な生の息吹きと言えるのである。梶井文学が全体としてわれわれに与える印象は、何ものにもくもらされるところなく、己が生を見詰めたものの、静謐にして澄明な生の現実にほかならず、従ってその作品の基調となっている倦怠や疲労や頽廃はそこで洗い浄められてしまっているとも言えるのである。この逆説的効果にこそ、梶井文学の秘義がひそんでいると言えるのである。

梶井基次郎の生涯はわずかに三十一年の短さであったが、その文学的生命は永い。彼の作品はおおむね大正十四年（二五年）頃から昭和七年（三二年）までの間に書かれたが、いわゆる当時の『文壇』とは離れたところで、主として同人雑誌に発表され同時代人の注目をうけなかった。しかし、死後年が経るに従っていよいよその声価は高まり、遂に独特な地位を形づくるに至ったのである。梶井基次郎の生きた時代の文学の潮流は、一方に個人主義文学の頂点をなした新現実主義――新感覚派――新興芸術派があり、一方にプロレタリア文学があった。しかし、彼の文学は、それらの文学的潮流の一歩上にぬきんでて今日も尚その生命を輝かせているといってよい」

梶井基次郎の文学は既に不朽の古典である。人間的苦渋のある限り、人は梶井文学に来ってその苦患を洗い浄めるであろう。

一九五〇年八月　　神田の仮寓にて

改版に際して

この度の改版に際し、従来の版の書名に変えて梶井の代表作『檸檬』を総題とした。また、原稿、初出誌その他を能う限り参照し、校訂に厳密を期したが、本文を新字新仮名に改め、梶井の文学が、より正しい形で、若い読者に一層親しまれることを願った。今回の改版が大方の好評を得れば幸いである。

一九六七年六月

淀野隆三

表記について

新潮文庫の文字表記については、原文を尊重するという見地に立ち、次のように方針を定めました。

一、旧仮名づかいで書かれた口語文の作品は、新仮名づかいに改める。
二、文語文の作品は旧仮名づかいのままとする。
三、旧字体で書かれているものは、原則として新字体に改める。
四、難読と思われる語には振仮名をつける。
五、漢字表記の代名詞・副詞・接続詞等のうち、特定の語については仮名に改める。

本書で仮名に改めた語は次のようなものです。

浅墓→浅はか　恰も→あたかも　…か知ら→…かしら
…切り→…きり　此(の)→この　流石→さすが
其(の)→その　…度い→…たい　恰度→ちょうど
兎に角→とにかく　兎や角→とやかく　亦→また
最早→もはや

檸檬（れもん）

新潮文庫　か－2－1

昭和四十二年十二月十日発行
平成十五年十月三十日六十三刷改版
平成三十年六月十日八十二刷

著者　梶井基次郎（かじいもとじろう）
発行者　佐藤隆信
発行所　株式会社新潮社
郵便番号　一六二－八七一一
東京都新宿区矢来町七一
電話　編集部(〇三)三二六六－五四四〇
　　　読者係(〇三)三二六六－五一一一
http://www.shinchosha.co.jp

価格はカバーに表示してあります。

乱丁・落丁本は、ご面倒ですが小社読者係宛ご送付ください。送料小社負担にてお取替えいたします。

印刷・株式会社光邦　製本・憲専堂製本株式会社
Printed in Japan

ISBN978-4-10-109601-8 C0193